다산의 탁월한 시대정신

# 변화와 개혁의
# 등불

다산의 탁월한 시대정신

# 변화와 개혁의 등불

진규동 엮음

도서출판 **더로드**
The Road Books

강진만에서 바라본 만덕산
다산초당이 자리한 만덕산 모습이
마치 다산 선생께서 하늘을 우러러보는 듯하다

# 차례

## PART 1

## 백성이 주인 되는 세상

## PART 2

## 위국애민의 길

PART 3

# 고통을 소통으로

PART 4

# 인생의 큰 비즈니스 청렴

# 변화와 개혁의 등불,
# "다산의 탁월한 시대정신"

200여 년 전 다산은 경세유표 서문에서 "털끝 하나 성한 것이 없으니 개혁하지 않으면 조선은 망한다"라고 하였다. 나라는 병들고 백성들은 토지로 밭을 삼아 땀 쏟아 일구건만, 벼슬아치는 백성을 밭으로 삼아 등짝을 벗겨 먹는 처참한 현실이었다.

"조용히 생각해 보건대 나라 전체가 털끝 하나인들 병들지 않은 부분이 없다. 지금 당장 개혁하지 않는다면 나라는 반드시 망하고 말 뿐이다."

(一毛一髮 無非病耳 及今不改 其必亡國而後已) 다산 경세유표 서문

조정은 당파 싸움에 여념이 없고 백성들은 굶주림에 허덕이며 피폐한 삶으로 깊고도 깊은 어두운 수렁으로 빠져들고 있었다. 이런 상황에서 어둠을 밝히고자 등불을 켰으니 그가 바로 조선의

레오나르도 다빈치 다산 정약용(1762-1836)이다. 어려서는 아버지로부터 청년 시절은 천주교와 정조를 통하여 새로운 세계에 눈을 뜨게 되었다. 과거에 합격하여 12년 동안 정조와 국가 개혁을 위한 조력자로서 누구보다 정조의 총애를 받았던 정약용이다.

하지만, 정조의 죽음과 함께 정약용은 천주교를 빌미로 반대파로부터 겨우 목숨을 건져 강진으로 유배를 당하였다. 그는 18년 시련과 고난의 유배 생활 속에서 600여 권의 책을 저술하여 "다산학"이라는 학문적 위업을 남겼다. 다산정신의 생성과정은 18년 시련과 고난의 유배 생활 속에서 당시 조선사회의 처절한 삶의 현장에 대한 성찰과 치열한 책무성과 헌신에 기반을 둔 것이다. 다산정신은 "다산학을 기반으로 주인 정신과 위국 애민에서 드러난 소통, 청렴, 공정, 탐구, 창조, 개혁"이라는 사회적 가치로 표출되고 있다.

다산정신(K-정신)의 등불은 동학 농민혁명의 불꽃으로, 3.1 독립운동의 촛불로, 4.19혁명의 촛불로, 5.18 광주 민주화 운동의 촛불로, 2016년 광화문 광장의 촛불로 이어졌다고 해도 과언이 아니다. 다산정신의 등불은 늘 힘들고 고통받을 때 개혁의 횃불로 승화되었다. 다산정신의 등불은 지난 역사 속에서는 물론 지금도 유유히 타오르고 있다. 지금 대한민국은 새로운 변화와 개혁을 갈망하고 있다. 변화와 개혁을 통한 공정한 세상으로 국민이 주인답게 사는 세상을 간절히 바라고 있다. 괴테는 "누구나 사람들은 자기가 최고라고 생각한다. 그래서 많은 사람이 이미 경험한 선배의 지혜를 빌지 않고 실패하며 눈이 떠질 때까지 헤매곤 한다. 이 무슨 어리석은 짓인가 뒤에 가는 사람은 먼저 간 사람의 경험을 이용하여 같은 실패와 시간 낭비를 되풀이하지 않고 그것을 넘어서 한 걸음 더 나가야 한다. 선배들의 경험을 잘 활용하는 사람이 지혜로운 사람이다" 라고 하였다.

그리고 영화계의 노벨상이라 부르는 아카데미상을 휩쓴 세계적 영화감독 봉준호는 수상 소감에서 "가장 개인적인 것이 가장 창의적인 것이다"라고 하였다. 바꾸어 말하면 "가장 한국적인 것이 가장 세계적인 것이다"라고 할 수 있다. 그런 차원에서 지금까지 역사 속에 감추어진 다산정신이야말로 가장 한국적이고 가장 창의적인 우리의 정신이라 할 수 있다.

변화와 개혁, 공정을 갈망하는 지금, 다산은 18년의 유배라는 불확실한 환경 속에서도 백성과 나라를 위한 일념으로 4서6경의 〈경학〉을 통해 마음의 밭을 비옥하게 가꾸는 지혜서를 남겼다. 또 국가 개혁서인 〈경세유표〉, 백성들을 위한 목민관들의 복무 지침서 〈목민심서〉, 백성들의 공정한 형벌을 위한 형법 설명서 〈흠흠신서〉 등을 저술하여 공정한 세상으로 나라다운 나라, 백성이 주인 되는 세상을 구상하였다. 이러한 다산정신은 지금 우리의 시대정신과 사회적 가치와 일맥상통하고 있다.

다산은 백성이 백성답게 살아갈 수 있도록 소통하며 열린 마음으로 백성을 사랑한 정치가, 사상가, 학자, 과학자였다. 탄생 250주년인 2012년 8월 3일 유네스코가 세계적 기념 인물로 선정한 최초의 한국인이다. 이처럼 200여 년이 지났지만, 세계적인 인물로 선정된 것은 그의 실학사상과 정신이 얼마나 탁월한가를 입증하고 있다.

시대는 지금 나라다운 나라를 지향하고 있는 국민 중심의 시대로 변화와 개혁을 통한 공정한 시대를 갈망하고 있다. 다산이 다산초당에서 꿈꾼 나라도 백성이 백성다운 세상이었다. 하지만 그의 탁월한 사상과 정신의 등불은 200여 년이 지난 지금도 우리들의 삶 속에서 빛을 보지 못하고 있다. 그러나 제4차 산업혁명 시대 새로운 사회 공동체적 가치 창출은 선택이 아닌 필수이다. 다산정신은 역사 속이 아닌 우리들의 삶속에 살아있다. 진정한 리더는 시대를 읽고, 시대를 아파하고, 급변하는 새로운 시대를 위한 변화와 개혁의 실천자이다. 다산은 전통의 본래 가치를 재해석하여 오래된 폐단을 제거하고, 근본을 되찾아 실질적으로 왜곡된 지식체계를 통하여 과거 실상과 급변하는 미래를 대비하고자 한 개혁가였다.

이 책의 목적은 가장 한국적이고, 가장 창의적인 다산정신(K-정신)을 바탕으로 변화와 개혁을 통한 공정한 새로운 세상을 펼치는 데 기여하고자 하였다. 이 책을 엮을 수 있었던 것은 한국고전번

역원의 자료와 많은 다산 연구자들의 자료와 책이 있었기에 가능하였다. 다산연구자들에게 감사를 드린다. 그리고 늘 애정을 갖고 기도하며 본 원고를 다듬어주신 고성봉 목사님께도 감사하며 기꺼이 출판을 허락한 도서출판 더로드 조현수 대표께 감사를 드린다. 또 늘 곁에서 지켜봐 준 아내 이현경과 늘 기도와 마음으로 성원해준 한송가족 모두에게 감사한다.

2021년 11월
화곡동 초석서재에서
진규동

사의제
다산이 유배되어 최초로 머물렀던 곳으로
제자 황상을 가르치던 곳이다.

## PART 1

# 백성이

# 주인 되는 세상

茶山

茶山

주인정신을 통한 개인이나 조직의
자주성, 독립성, 자율성이
불확실한 변화와 개혁의 시대
성공의 지름길

# 1 백성이 주인인 세상

뜰에서 춤추는 사람이 64인인데, 이 가운데서 1인을 선발하여 우보(羽葆)를 잡고 맨 앞에 서서 춤추는 사람들을 지휘하게 한다. 우보를 잡고 지휘하는 자의 지휘가 절주(節奏)에 잘 맞으면 모두들 존대하여 '우리 무사(舞師)님' 하지만, 지휘가 절주에 잘 맞지 않으면 모두들 그를 끌어내려 다시 전의 반열(班列)로 복귀시키고 유능한 지휘자를 재선(再選)하여 올려놓고 '우리 무사님' 하고 존대한다. 끌어내린 것도 대중(大衆)이고 올려놓고 존대한 것도 대중이다. 대저 올려놓고 존대하다가 다른 사람을 올려 교체시켰다고 교체시킨 사람을 탓한다면, 이것이 어찌 도리에 맞는 일이겠는가.

- 탕론(湯論) / 다산시문집 제11권 / 논(論)

다산이 쓴 600여 권의 책인 다산학을 기반으로 한 다산정신은 "주인 정신과 위국 애민정신에서 드러난 소통, 청렴, 공정, 탐구,

창조, 개혁"이다. 여기에서 가장 핵심은 바로 주인 정신이다. 다산은 탕론에서 "끌어 내린 것도 대중이고 올려놓고 존대한 것도 대중이다. 대저 올려놓고 존대하다가 다른 사람을 올려 교체시켰다고 교체시킨 그 사람을 탓한다면 이것이 어찌 도리에 맞는 일이겠는가"라고 하여 백성이 주인이라는 것을 밝히고 있다. 주인 정신은 주체성과 사랑이 결합한 개념으로 주체성은 주인으로서의 자아가 확립된 것을 말하고, 사랑은 주체의 작용으로 다산의 신앙적 기초인 천주교의 성경 속 사랑의 본질에서 찾을 수 있다.

즉 "사랑은 오래 참고 사랑은 온유하며 투기하는 자가 되지 아니하며 사랑은 자랑하지도 아니하며 교만하지도 아니하며 무례히 행치 아니하며 자기의 유익을 구하지 아니하며 성내지 아니하며 악한 것을 생각지 아니하며 불의를 기뻐하지 아니하며 진리와 함께 기뻐하고 모든 것을 참으며 모든 것을 믿으며 모든 것을 바라며 모든 것을 견디느니라"라는 사랑의 본질이다. 천주교라는 신앙적 사상이 기초를 이루고 있는 다산은 시경(詩經)을 통해 분명히 창조주가 있음을 확인하였고, 그것이 '천(天)', 즉 상제(上帝)이며 상제는 인간 만사를 강림하는 능력을 갖춘 세상만사를 주재하는 자라고 보았다. 만물의 근원인 '천' 즉, 상제는 결코 주자의 리(理)와 같은 자연 만물을 지배하는 법칙이나 원리가 아니라 '위격(位格)'을 갖춘 윤리적이며 신적인 존재였다. 우리를 굽어보고 재앙과 행복을 가려주는 이러한 천, 상제를 성심으로 경외하여 섬겨야 한다고 생각했다.

특히 다산은 "이 세상을 주관하는 것은 인간이 아니고 무엇이 겠는가? 하늘이 세상으로써 한 집안을 삼게 하여 사람으로 하여 금 선(善)을 행하게 해주고 해와 달과 별, 초목과 금수는 이 집안 에서 잘 살도록 도움을 주는 물건이다"라고 하였으며, 또 "하늘이 사람에게 자주(自主)의 권한을 부여하여 인간으로 하여금 착한 일 을 하고 싶으면 착한 일을 할 수 있게 하고 악한 일을 하고 싶으면 악한 일을 할 수 있게 하였으니 옮겨질 수 있어 고정적이지는 않 으나 그 권한은 자기에게 있다"라고 하여 인간은 세상의 "주관자" 이고 인간에게는 자기의 행위를 결정할 수 있는 자주권이 있다는 것을 주장하였다.

데카르트가 "나는 생각한다. 고로 나는 존재한다"라고 인간의 주체성에 대해서 말했다면 다산은 "하늘이 인간에게 주체적 결정 권으로서의 자유의지를 부여하였다"라고 할 수 있다. 인간은 자 유의지에 따라 선을 행할 수도 악을 행할 수도 있다는 것이다. 따 라서 백성들이 주체적 결단을 통하여 백성답게 살 수 있는 윤리 성, 책임감을 강조하였다. 다산은 '인간은 영명성을 가지고 있어 서 주체적으로 삶을 영위해 갈 수 있다'는 주체적 인간관과 '두보 와 같이 투명한 본원에 이르러야 시다운 시를 쓸 수 있다는 시론 (詩論)을 통해 인간이 본래 '영명'하며 그 본래 근원이 '투명한 본 원'임을 밝혀 인간의 근원을 '영성'으로 인식하고 있다. 그리고 다산은 "인(仁)"의 해석에서도 인(仁)은 사람과 사람에 대한 사랑이라고 강조하였다. 그리고 이 "인(仁)"을 실천하는 기본 방법은 바로 자기 마음을 남의 마음과 일치시켜 가는 "서(恕)"로서 제시하고 있다. "서(恕)"란 내가 싫으면 남도 싫으니 나와 같이 대접하라는 것이다.

다산의 경학은 하늘을 두려워하는 인간 개체의 자율성을 바탕으로 인간으로서 물질적 자연을 이용하는 주체적 인간이라는 점을 우주 만물의 질서 속에서 새로운 인간관을 주장하였다. 다산의 이런 인간관은 이전까지의 인간관계의 도덕의식과 사회질서를 새롭게 해석하였다. 이러한 바탕 위에 다산은 원목(原牧)에서 목민관이 백성을 위해서 있는 것인가? 백성이 목민관을 위해 있는 것인가? 라는 질문을 통해 "목민관은 백성을 위해서 있는 것이지 백성이 목민관을 위해 있는 것이 아니다"라고 대답하여 목민관이 백성을 위해 존재한다는 본래의 상호관계를 확인하고 있다.

이러한 민본원리와 민권의식은 우리 시대의 민주주의적 가치 질서와 소통하는 것이라 할 수 있다.

200여 년 전 다산은 인격적 상제와 정신적으로 교감할 수 있는 인간은 그렇지 못한 동물에 비해 월등히 우월한 존재라고 주장하였다.

다산이 추구한 것은 변화와 개혁을 통한 공정한 세상으로 온 백성이 백성답게 평등하고 행복하게 살 수 있는 이상적인 사회 질

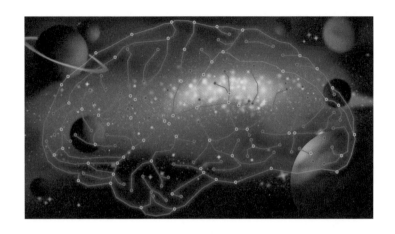

서의 바람이었다. 그 바람은 예나 지금이나 다를 게 없다. 개인주의적인 사회 내의 갈등이 심화하고 인간과 인간의 사랑이 더욱 절실한 지금 200여 년 전 다산이 주장한 주인 정신은 새로운 시대정신의 핵심으로 백성이 중심인 세상을 이루어가는 등불을 밝히고 있다.

## 2  황홀함과 놀라운 세상 발견

    천주교는 다산의 일생에 명운을 가르는 만남이었다. 부정부패와 유교의 폐해, 그리고 당파 씨움의 소용돌이 속에 나라는 안중에도 없고 오직 노론 그들만의 안위를 위한 세상이었다. 그런 가운데 다산과 천주교의 만남은 또 다른 새로운 세상이었다. 그것을 계기로 유교의 렌즈만으로 보았던 세상을 또 다른 렌즈로 또 다른 세상을 발견하면서 다산의 세계관은 놀랍게 변했다.

    1784년 갑진년 4월 15일 큰형수의 제사를 지내고 우리 형제와 이벽이 함께 배를 타고 물결을 따라 천천히 내려오는 배 안에서 천지조화의 시초 사람과 신 삶과 죽음의 이치를 듣고 황홀함과 놀라움과 의아심을 이기지 못했는데 마치 장자에 나오는 하늘의 강이 멀고 멀어 끝이 없다는 것과 비슷했다.

서울에 온 뒤로 이벽을 따라다니며 천주실의 칠극 등 여러 권의 책을 읽고 흔연하게 그 쪽으로 기울기 시작했다 그러나 그때는 제사를 지내지 말아야 한다는 말이 없었으며 신해년 겨울 1791년 진산 사건 이후로 나라에서 금하는 일이 더욱 엄중해지자 입장의 차이가 마침내 구별되었다.

- 선중씨 묘지명 /다산 정약용 평전

1784년 4월 14일 이벽은 정약용의 큰형수인 누님 제사에 가게 되었다. 4월 15일 누님 제사를 마치고 서울로 오는 배 안에서 이벽은 다산과 정약전 두 형제에게 천주교 관계 서적을 최초로 보여주며 천주교에 대하여 전도를 하게 되었다. 다산은 이때 받은 감동을 자찬묘지명에서 밝히고 있다.

초창기 천주교는 당시 조선사회의 유교 문화와 너무나 동떨어진 문화로 여러 가지 사건, 사고가 발생하였다. 그러자 다산은 천주교를 신앙으로 받아들였다가 후에 신앙이 아닌 천주학으로 즉, 하나의 학문으로 받아들였다. 하지만, 노론은 끈질기게 다산과 천주교를 엮어서 매장하려고 하였다. 그러한 다산에 대한 시기와 질투로 나이 40에 머나먼 강진으로 유배를 떠나 18년의 고난과 역경의 세월을 보내다가 57세에 고향 남양주로 돌아와 18년 살다가 75세에 사망하였다.

스물셋 역동적인 청년 시절 천주교 신앙에 빠진 다산은 지금까지의 세상과는 전혀 다른 새로운 세상을 접하게 된 것이다. 이때

고 탁희성 화백 作. 권상연(야고보)이 신주를 없애 버렸다는 소식에 관헌들이 그의 집을 수색해 뒤뜰에 묻힌 위패를 찾고 있다. 권상연은 전주남문 밖 현 전동성당 자리에서 참수됐다.
출처 : 전북일보 인터넷신문(http://www.jjan.kr)

갑작스러운 진산사건으로 다산은 반대파의 표적이 되었다. 진산 사건은 1791년 전라도 진산현에서 열렬한 천주교 신자 윤지충과 그 외종 권상연이 윤지충 모친상을 당했는데 신주를 불사르고 제 사를 지내지 않는 사건이었다. 윤지충은 다산의 외종형으로 재주 가 매우 뛰어나 장래가 촉망되는 사람이었다. 윤선도 윤두서 가문 의 후손으로 일찍 진사과에 합격하여 세상에 이름을 날린 사람인 데 천주교 순교자가 되었다. 결과적으로 진산사건은 윤지충과 권상연의 순교로 끝나지 않고 권일신, 이승훈도 붙잡혀 문초를 받고 고문도 당했다.

이때부터 국가에서는 본격적으로 천주교를 사교(邪敎)로 매도하고 엄하게 금지하는 조처를 했다. 이로부터 1801년 신유옥사에 이르기까지 10년간 공서파는 다산을 비롯한 진보적 지식인 집단인 신서파를 공격할 빌미를 찾으면서 많은 유언비어까지 지어내고 있었다.

1795년 5월에는 중국인 신부 주문모가 몰래 입국, 발각된 사건이 발생하였다. 체포 명령이 떨어졌으나 주문모는 피신하였다. 그러나 5월 12일 새벽 주문모를 숨겨준 지황, 윤유일, 최인길 등이 발각되어 처형되고 주문모 신부 입국에 이가환 등이 배후라는 모략과 중상에 임금도 괴로워하였다. 어쩔 수 없이 공조판서 이가환을 충주 목사로, 승정원 승지 다산을 금정도 찰방으로 좌천을 보내게 되었다. 다산은 1797년 6월 20일 동부승지에 낙점되었으나 벼슬을 사양한다는 사직 소를 올렸다. 왜냐하면, 다산은 그동안 지속해서 천주쟁이라는 꼬리표가 달려서 아무것도 맘 놓고 할수 없었기 때문이다. 다산은 자신이 천주교 신자라는 비방과 모함을 받았던 전 말을 상세히 기록하여 임금께 올리면서 이제는 더는 벼슬을 할 수가 없다고 전 말을 보고한 것이다. 이것이 그 유명한 「변방사동부승지소」라는 3천 자가 넘는 장문의 글이다.

그러자 정조는 1797년 윤유월 2일 다산을 황해도 곡산 부사로 발령을 냈다. 정조는 부사로 떠나는 다산에게 한두 해쯤 늦었다고 해서 해로울 것 없으니 떠나도록 하라. 장차 부르리니 너무 슬퍼할 필요 없다고 당부까지 하였다. 황해도 곡산 부사로 2년을 근무하고 1799년 4월 38세인 다산은 병조참지가 되어 서울로 돌아와 형조참의가 되어 각종 사건을 처리하며 정조의 개혁의 일꾼이 되었다. 그러나 1800년 정조의 갑작스러운 사망과 더불어 순조 임금 뒤에서 수렴청정하던 정순왕후는 오가작통의 법을 실시하여 천주교도를 일망타진하겠다는 결의로 전교를 내리게 되었다. 이런 와중에 2월 9일 셋째 형 약종이 교회 관련 문서를 담은 책롱을 몰래 옮기려다 발각되는 책롱 사건이 발생하게 되었다. 이것을 빌미로 다산 삼 형제 모두가 체포되었다. 결과는 셋째 형 약종은 사형당하고, 둘째 형 약전은 신지도로, 다산은 경상도 장기로 유배를 가게 되었다. 다산과 가까웠던 이가환, 권철신, 이승훈 등도 사학의 죄목으로 처형되었다.

1801년 9월 또다시 황사영 백서 사건이 발생하였다. 황사영 사건은 1801년 신유옥사(책롱사건)에서 천주교인들이 받았던 박해의 전 말과 향후 조선의 천주교 재건을 위한 방책을 하얀 비단에 적어 북경의 주교에게 보내려다 발각된 사건이다. 9월 29일 황사영은 토굴에서 체포되고 정약전은 강진의 신지도에서, 정약용은 경상도의 장기현에서 한양으로 다시 압송되었다. 정약전, 정약용 형제는 백서에 관여한 바가 없음을 증명 받았지만 단지 천주쟁이

딱지 때문에 귀양지가 바뀌어 정약전은 흑산도로, 정약용은 강진으로 유배를 당하게 되었다. 다산은 유교 사회로 찌들어 더는 비전이 보이지 않은 조선의 미래를 위한 돌파구가 절실했다. 창 너머의 새로운 세상을 꿈꾸며 천주교와 서학에 관한 관심은 당파싸움의 빌미가 되어 시련과 고난의 연속이었다.

무엇이 인간을 인간답게 하는가? 우리는 오늘날까지도 이 질문에 대하여 인간 모두에게 공평하게 적용되고 모두가 받아들일수 있는 답을 찾아내지 못했다. 어쩌면 오히려 인간 다움을 점차 상실해가는 방향으로 흘러갔다.

천주교라는 새로운 신앙과 학문은 부패하고 무능한 조선의 미래를 위한 새로운 물결이었다. 유배 18년의 시련과 고난 속에서도 상자 밖에서 새로운 관점, 새로운 행동, 새로운 가치를 창출한 다산정신은 200여 년이 지난 지금도 급변하는 우리 삶속의 가장 한국적인 가치이고 정신이라고 생각한다.

# 3 청년 정약용의 꿈

다산은 1776년 2월 열다섯에 서울에 사는 홍화보의 딸과 혼인을 하였다. 그해 3월에 영조가 죽고 정조가 즉위하였다. 다산은 막내 삼촌인 정재진(1740-1812)과 함께 배를 타고 서울로 장가를 들러 갔다. 그때 다산은 15살로 한강을 따라 서울로 향하면서 자신의 심경을 시로 옮겼다.

| | |
|---|---|
| 아침 햇살 받은 산 맑고도 멀고 | / 旭日山晴遠 |
| 봄바람이 스친 물 일렁거리네 | / 春風水動搖 |
| 도는 기슭 만나자 키를 돌린 뒤 | / 岸廻初轉柁 |
| 여울 빨라 노 소리 울리지 않아 | / 湍駛不鳴橈 |
| 옅푸른 풀 그림자 물위에 뜨고 | / 淺碧浮莎葉 |
| 노오란 버들가지 하늘거린다 | / 微黃着柳條 |
| 차츰차츰 서울이 가까워지니 | / 漸看京闕近 |

울창한 삼각산이 높이 솟았네    / 三角鬱岩嶢

- 출처 : 다산시문집 제1권 / 시(詩)

　고향에서의 어린 다산의 모습을 벗어던지고 청년 다산으로 새로운 세상을 향해 가는 뱃머리에서 온갖 만상(萬祥)이 머릿속에 어른거렸다. 다산은 그 모든 것을 시에 담아서 서울에서 울창한 삼각산이 높이 솟아 있듯이 앞으로 펼쳐질 자신의 미래를 그려본 것 같다.

　다산은 서울로 올라와 많은 사람과 교제를 나누며 인맥을 쌓아갔다. 누님의 남편인 매형 이승훈(1742-1801)과 어울렸고, 여섯 살 위인 큰 형의 처남 이벽과 친하게 지냈다. 또 이승훈의 삼촌이며 이익(1681-1763)의 종손인 학문으로 명성이 높은 이가환(1742-1801)을 만났다. 이들은 성호학파로 당시 이익의 저술을 함께 익히고 토론하면서 성호학파의 학풍을 일으키고 있었다. 정약용은 이가환 중심인 성호학파의 선배들을 따라 이익의 저술을 통하여 새로운 학문을 접하게 되었다.

　청년 정약용은 이익의 실학사상이라는 새로운 만남을 통해 성호학파의 학풍이 일으키는 새로운 빛을 보게 되었다. 다산은 이제까지 시대를 주도하고 있던 고루한 도학 이념을 넘어 새로운 세계를 꿈꾸기 시작하였다. 다산은 훗날 "나의 큰 꿈은 성호를 따라 사숙하는 가운데 깨달은 것이 많았다"라고 할 정도였다. 그만큼

성호 이익(1681-1763)
출처 : 한국민족문화대백과사전

다산은 이익의 실학사상을 통해서 학문의 방향을 정립하는 계기가 되었다. 이익의 학문은 경학, 예학, 경세학을 포괄하고, 주자와 퇴계의 학풍을 계승할 뿐만 아니라 서양의 과학기술까지 포함하여 다양한 문물을 수용하는 백과사전적 학풍을 갖고 있었다.

이런 가운데 다산이 받은 커다란 영향은 두 가지로 하나는 사회화 현실의 모순을 해결하기 위해 탐색하는 예리한 현실 인식과 제도개혁론으로서 경세치용의 실학 방법이었다. 또 하나는 새로운 합리적 세계관에 기반을 둔 서양과학기술의 우월함을 열린 마음으로 인정하며 적극적으로 받아들인 서학 지식이었다.

다산은 열여덟 살(1779) 때 과거 시험을 준비하였고, 그해 겨울 성균관에서 실시하는 승보시(생원과. 진사과에 응시자격을 주는 시험)에 합격하였다. 이로써 22세 때 성균관에 입학하면서 정조와 만나게 되었다. 다산과 정조는 왕과 신하로서의 신분을 떠나 학문적으로 스승과 제자 사이와 같이 발전하였다. 그만큼 정조는 다산에 대하여 각별한 관심을 두고 장차 조선의 핵심인재로 육성하려는 생각을 하고 있었다. 그래서 많은 경험과 훈련을 쌓도록 시험도 보고 숙제를 내서 직접 상을 내리면서 학문적 실력을 연마하도록 하였다. 다산은 자찬묘지명에서 그때의 일을 다음과 같이 적었다.

사헌부 지평(司憲府持平), 사간원 정언(司諫院正言)에 올랐다. 월과(月課)에서 수석을 차지하니, 구마(廏馬)와 문피(文皮)를 하사하여 총애하였다. 신해년(1791, 정조 15) 겨울에 왕이 내린 《모시강의(毛詩講義)》 8백여 조에 용이 대답한 것이 홀로 많은 점수를 얻었다. 어비(御批 임금의 비답)에 "백가(百家)의 말을 두루 인용하여 그 출처가 무궁하니, 진실로 평소의 온축(蘊蓄)이 깊고 넓지 않다면 어찌 이와 같을 수 있으랴."

- 출처 : 자찬묘지명 집중 본 / 문집 16 / 묘지명

성균관에 입학한 지 6년 만에 드디어 다산은 28세 때(1789) 문과에 급제하면서 벼슬길에 나가게 되었다.

첫 발령은 정조가 국가에 유용한 인재를 육성하기 위하여 젊고 학문적 자질이 뛰어난 관료를 선발하여 배치한 규장각 초계문신으로 배속되었다. 다산은 초계문신으로 학문 연마에 전념하였고,

매월 치르는 시험에서 여러 번 수석을 차지하여 말과 표범 가죽 등을 상으로 받았다. 그리고 정조의 개혁의 동반자로 28세 때 한강 배다리를 건설하였고, 31세(1792) 때는 수원 화성을 설계하고 또 성설 및 기중가도설을 저술하고 유형거를 제작하여 수원 화성을 건설하였다. 과학적 창의성을 발휘하여 건축비용과 공사 기간을 단축하였다. 이로부터 39세(1800년) 때까지 다산은 관료로서 정조의 총애를 받으며 나라와 백성을 위하여 많은 업적을 쌓았다.

15살 시골 청년 다산은 청운의 꿈을 품고 서울에 올라와 세상을 앞서가는 사람들과 인맥은 물론 선진 학문을 통하여 자신의 꿈을 키웠다. 특히, 성호 이익의 학문을 통하여 새로운 실학사상의 싹을 키우는 학문적 계기를 마련하였다. 이러한 다산의 학문적 역량은 개혁을 통한 조선의 재건을 꿈꾼 정조의 핵심 인재로서 개혁에 앞장섰다. 그리고 멋 훗날 후손들이 그의 600여 권의 책을 통해 못다한 꿈을 펼칠수 있도록 하였다.

# 미래준비학 "다산학"

　"다산학"은 크게 경학(經學)과 경세학(經世學) 두 축으로 구성되어 있다. 경학이 본(本)이 되며 경세학이 말(末)로 구성되었다. 이것은 다산이 『자찬묘지명』에서 직접 경학을 본으로 삼고 경세학을 말로 삼았다는 데서 확인할 수 있다. 경학은 주로 4서 6경의 해석을 통하여 새로운 사상을 통한 인륜에 중심을 두고 있으며, 이 경학이 곧 경세학의 철학적 배경과 이론적, 사상적 근간을 형성하고 있다.

　육경(六經)과 사서(四書)를 가져다가 침잠(沈潛)하여 탐구하고, (중략) 두루 고증하여 오류를 정하고 취사(取捨)하여 일가(一家)의 서(書)를 갖추었다. (중략) 이상은 경집(經集)으로 모두 2백 32권이다. (중략) 〈경세유표〉가 48권이니 편찬의 일을 마치지 못하였고, 〈목민심서〉가 48권이고 〈흠흠신서〉가 30권이다. 〈아방비어고〉는 30

권인데  완성되지 못하였고, 〈아방강역고〉 10권, 〈전례고〉 2권, 〈대동수경〉 2권, 〈소학주관〉 3권, 〈아언각비〉 3권, 〈마과회통〉 12권, 〈의령〉 1권이다. 이를 통틀어 문집(文集)이라 하니, 모두 2백 60여 권이다. 이를 통틀어 문집(文集)이라 하니, 모두 2백 60여 권이다.

- 다산시문집 제16권, 묘지명, 자찬묘지명 집중본

다산학은 다산이 유배지 강진 다산초당에 있을 때 그의 호가 다산이었고, 또 실학을 집대성한 저술 대부분이 다산초당에서 이루어졌다는 의미에서 다산학이라고 부르게 되었다. 한편으로는 다산의 학문과 사상을 총체적으로 지칭하는 개념이며 방대한 분량의 저술을 남겨서 하나의 독자적인 학문 체계를 형성하고 있어서 "다산학"이라 하였다. 다산학은 다양한 관점에서 조명되어 조선 말기에는 무너져 가는 조선왕조를 구국의 방책으로, 일제강점기에는 문화민족의 표상으로, 해방 후 우리 민족이 가진 근대적 유전자의 상징으로 조명되고 연구되었다.

다산학은 실학을 집대성한 저술로 실학이 유학의 한 조류로서, 다산학 또한 큰 틀에서 유학의 범주에 들어있다고 보기도 한다. 실학은 17세기 이후에 일어난 신 학풍으로 동아시아적 차원에서 일대 역사 전환기였다. 임진왜란(1592-1598)으로 막이 열린 17세기는 먼저 일본에서 에도막부가 들어서고 중국에서는 명나라와 청나라의 교체가 일어났다. 한편으로 16세기 말에 시작된 서세동점(西勢東漸)의 물결은 이 지역의 역사 전환에 커다란 영향을 미치게 되었다.

　실학은 바로 이 시대 상황에 위기의식을 가지고 학문적으로 근본적인 대응책을 세운 것이다. 이렇게 시작된 실학은 동아시아의 한 중 일 세 나라에 각기 다른 양상의 공통적인 학문으로 발전하였다. 한국의 경우 유형원(1622-1673)이 반계수록(磻溪隨錄)을 집필하였는데 그는 한국 실학의 개척자로 평가된다. 유형원의 실학은 이익(1681-1763)으로 이어져 하나의 학파를 형성하게 되었다. 이익은 주로 제도 개혁과 체제개편을 중심 과제로 삼고 있기에 경세치용학파라고 하였다. 또 이 학파의 중심이 성호 이익이어서 성호학파라고도 하였으며, 또 하나는 18세기 후반에 생긴 학파로 박지원(1737-1805)을 중심으로 하는 연암학파로 기술발전과 생활향상을 중심으로 한 이용후생학파로 중국으로부터 선진 문물 도입을 역설하였던 까닭의 북학파라고도 하였다. 정약용은 성호학파로 경세치용을 중심 과제로 삼으면서 한편으로는 연암학파의 이용후생적 사고와 이론을 수용하였다. 경세치용학파와 이용후생학파의 학술이 다산학으로 집대성된 것이다. 이것이 한국 실학사에서 다산학의 위상이다.

　다산학은 무엇보다 서학의 영향으로 과학기술을 적극적으로 수용하여 수학과 과학, 천문학 등을 통하여 종래의 미신적 사고

발간 : 다산학술문화재단
학자 : 174명
분야 : 8개 분야(다산학 일반, 경학, 예학,
문학, 경세학, 역사지리학, 음악과 미술, 과
학과 의학)
표제어 : 1,795개
2019년 3월(2009년 7월 시작)

를 배격하고 우주 자연에 대해 합리적이고 과학적인 인식과 사고
를 하게 되었다. 이러한 사례는 수원 화성을 건설하는 과정에서
유감없이 발휘되었다. 그리고 정약용은 유교 경전 해석에 있어 성
리학적인 '천리(天理)' 개념을 부인하고 인격 신적인 '상제(上帝)' 개
념을 도입하였다. 다산은 경학의 핵심인 천관을 유교 본래의 천관
을 회복한 것으로 볼 수 있으나 서학의 관점에서는 서교의 천주
(天主) 개념을 도입한 것으로 볼 수 있다. 이처럼 다산은 다산학 속
에 서학과 실학을 융합한 다산만의 가장 조선적인 학문인 다산학
을 600여 권의 저술을 통하여 후세에 남긴 것이다.

　철학자 이을호 박사(1910~1998)는 "조선의 실학은 한국의 풍토
에서 이뤄진 한국의 사상"이라고 하였다. 그는 '한국적 사유에서

이뤄진 우리 학문'임을 천명하였다. 다산학이 실학을 배경으로 한 다산의 독창적 학문이라는 점에서 다산의 사상과 정신이 가장 한국적인 정신으로 가장 창의적인 정신으로써 미래 새로운 시대정신으로 우리의 것이라는 것을 확인한 것이다.

200여 년 전 불확실한 유배 생활 속에서 새로운 미래를 위한 학문적 대응방안을 600여 권의 "다산학" 속에 오롯이 담아 놓았다. 썩어만 가는 조선의 모습을 바라보며 유배 중에도 변화와 개혁의 등불을 밝히고자 했던 다산의 탁월한 시대정신이 그 속에 담겨 있다. 담겨진 지혜를 바탕으로 지금 우리가 추구하는 공정의 시대, 가장 한국적인 우리의 것으로 가꾸어 가는 기회로 만들 때이다.

---

### √ 다산심부름꾼의 묻고 답하기

주체적으로 살아간다는 것은 자신이 주인이다는 것이다.
나(me)에 대한 정체성을 갖고 자기를 사랑하는 일이다.

1. 나는 나의 정체성에 대해서 생각해보았는가?

2. 나는 내가 주인답게 살고 있다고 생각하는가?

3. 나는 나의 꿈을 갖고 미래를 준비하고 있는가?

최초의 다산초당
· 1839. 2. 25 : 일본인 이에이리 가즈오가 그린 정다산 선생 거적도
· 해남윤씨 후손들의 설명과 자신이 확인한 풍경을 보고 그림

현) 다산초당
1956년 : 다산초당 복원위원회 정씨 문중, 윤씨 문중, 주민 성금으로 건축.
해마다 이엉을 해 얹는 번거로움을 피하기 위해 기와집으로 복원함.

## PART 2

# 위국

# 애민의 길

茶
山

茶山

조직이나 커뮤니티에서의
공동체 의식과 서로에 대한 배려는
보이지 않는 사랑과 같다.

# 1
## 정치란 바로(正)잡는 일

다산은 유배 중에도 오직 나라다운 나라 백성이 주인 되는 세상을 꿈꾸며 무엇보다 정치가 잘되길 간절히 소망하였다. 그런 다산의 소망은 원정(原政)을 통해서 "정치란 무엇인가?"에 대해서 상세히 설명하고 있다.

포스트 코로나 시대 급변한 상황의 변화는 개별적인 처방이 아니라 사회 공동체적인 처방 없이는 해결할 수가 없다는 것을 체험하였다. 이런 상황에서 무엇보다 정치는 개인은 물론 국가적 조직 차원에서 막대한 영향을 미치고 있다. 정치에 따라 국가의 성패가 달려있다고 해도 과언이 아니다. 실제 세계적으로 코로나 바이러스를 퇴치하기 위한 백신의 확보에 있어서 정치적 행위는 일국의 포스트 코로나 시대를 극복할 수 있느냐 없느냐의 문제로 극대화되고 있다. 이렇게 중요한 정치에 대한 인식은 무엇보다 일반인들은 물론 정치가들과 사회적 지도자들에게 아무리 강조해도 지나침이 아니다. 이런 의미에서 200여 년 전 다산 선생께서 원정(原政)을 통해서 "정치란 무엇인가?"에 대해서 설명한 것을 살펴보면 다음과 같다.

"정(政)의 뜻은 바로잡는다[正]는 말이다.

똑같은 백성들이 누구는 토지의 이익과 혜택(利澤)을 이중으로 받아(兼幷) 부유한 생활을 하고, 누구는 받지 못하여 빈곤하게 사는 것을 방지하기 위하여 토지를 개량하고 백성들에게 고루 나누어 주어 그것을 바로잡는 것이 정치이다(政). 똑같은 백성인데 누구는 풍요로운 땅이 많아서 남는 곡식을 버릴 정도이고, 또 누구는 척박한 땅도 없어서 모자라는 곡식을 걱정만 하는 일이 없도록 배와 수레(舟車)를 만들고 저울과 말(權量)의 규격을 바로 세워 그곳에서 나는 것을 딴 곳으로 옮기고, 있고 없는 것을 서로 통하게 하는 것으로 바로잡는 것이 정치이다(政). 똑같은 우리 백성인데 누구는 강대한 세력을 가지고 제멋대로 삼켜서 커지고, 누구는 연약한 위치에서 자꾸 빼앗기다가 멸망해가는 일이 없도록 군대를 조직하고 죄 있는 자를 성토하여 멸망의 위기에 있는 자를 구제하고 세대가 끊긴 자는 이어가도록 바로잡는 일이 정치이다(政).

똑같은 백성인데 누구는 상대를 업신여기고 불량하고 악독하면서도 육신이 멀쩡하게 지내고, 누구는 온순하고 부지런하고 정직하고 착하면서도 복을 제대로 받지 못하는 일이 없도록 형벌로 징계하고 상으로 권장하여 죄와 공을 가리도록 바로잡는 일이 정치이다(政). 똑같은 우리 백성인데 누구는 멍청하면서도 높은 지위를 차지하여 악(惡)을 전파하고 있고, 누구는 어질면서도 아랫자리에 눌려 있어 그 덕(德)이 빛을 못 보게 하는 일이 없도록 붕당(朋黨)을 없애고 공도(公道)를 넓혀 어진 이를 기용하고 불초한 자를 몰아내는 것을 바로잡는 일이 정치이다(政).

그리고 왕의 정치(왕정 王政-국가통치)란?

밭도랑을 준설하고 수리(水利) 시설을 함으로써 장마와 가뭄에 대비하고, 소나무·오동나무·옻나무·느릅나무·대추나무·감나무·밤나무 등 여러 가지 나무와 과실나무를 심어서 궁실(宮室)도 짓고, 관(관곽 棺槨)도 만들고, 또 곡식 대신 먹기도 하고, 소·염소·당나귀·말·닭·돼지·개 등을 길러 군대와 농민을 먹이기도 하고, 노인들 봉양하는 일이다. 또, 산림(山林)을 보호하고, 고기와 가죽을 제공하기도 하며, 공인(工人)도 계절 따라 산림에 들어가서 금·은·구리·철과 광물(단사 丹砂)·보석을 캐다가 재원을 확보하기도 하고, 또 모든 곳에 활용토록 공급하고, 의사는 병리(病理)를 연구하고 약의 성분(藥性)을 감별하여 열병(역려 疫癘)과 젊은이들의 죽음(요찰 夭札)을 미연에 방지하게 하는 것이 바로 왕정(王政) 곧 국가의 통치이다. 왕정이 없어지면 백성 곤궁하고, 백성이 곤궁하면 나라가 가난해지고, 나라가 가난해지면 조세 징수(부렴 賦斂)가 번거롭고, 그것이 번거로우면 인심이 이산되고, 인심이 이산되면 천명(天命)

도 가버린다. 그러므로 급히 서둘러야 할 것이 바로 잡는 일이다
(正)."

- 출처 : 원정(原政) / 다산시문집 제10권 / 원(原)

정치는 우리들의 삶에 직접적인 영향은 물론 대내외적으로 많
은 영향을 끼치고 심지어 나라의 흥망성쇠를 좌우한다. 현실을 보
면 백성이 주인 노릇 한다는 것이 말처럼 그렇게 쉬운 것이 아니
라는 것을 우리는 역사를 통해서 배웠다. 민주주의를 위해서 피
흘린 역사가 그 것을 증명하고 있다. 우리나라는 물론 지구촌 여
러 나라에서 일어나고 있는 현황을 보면서 백성이 주인 노릇한다
는 것이 얼마나 어려운 일인가 알 수 있다. 이런 상황을 200여 년

전 다산은 원정(原政)을 통해 정치가 무엇인가를 통해 일찍이 등불을 밝혔다.

다산은 정치란 한마디로 올바르게(正) 잡는 일이라고 하였다. 바로잡는 일에 있어서도 크게 두 가지로 나누고 있다. 첫째는 기회의 공정성을 바로 잡는 일이다. 불평등한 백성들의 삶을 공정한 기회를 통하여 보다 인간답게 살아갈 수 있도록 바로 잡는 일이다. 두 번째는 국가적 차원에서 바로 잡는 일이다. 개인이 할 수 없는 전 국가적 시스템 차원에서의 불합리한 것들을 바로 잡는 일이다. 요즘 같은 상황에서 개인의 취업은 물론 부의 불균형으로 인한 기회의 공정성을 바로 잡는 일과 팬데믹 상황에서 국가적으로 백신을 구입하거나 예방을 위한 제도에 있어서의 공정성을 기하는 일이 바로 다산이 200여 년 전에 강조한 것으로 변화와 개혁을 통한 공정한 시대를 말하고 있다. 역사를 모르는 자는 미래가 없다고 한다.

200여 년 전 일찍이 다산 선생께서 일러준 정치란 무엇인가에 대한 지혜가 새로운 시대를 맞이하는 이 시대의 정치 지도자는 물론 우리 모두가 깊이 새겨야 할 교훈이 되길 기대한다.

# 2 ) 목민관의 기본정신

다산학을 기반으로 한 다산정신에서 위국 애민정신은 목민관들과 위정자들의 기본정신이다. 위국 애민징신은 목민관이 나라와 백성을 위한 최소한의 역할이고 사명이다. 다산은 목민관이란 나라를 위하고 백성을 위해서 존재한다는 것을 원목을 통해서 주장하고 있다. 그뿐만 아니라 목민심서에서도 군주와 목민관이 맡은 임무는 빈부격차를 해소하고 강자가 약자를 침탈하는 것을 막아서 백성들이 보다 잘 살 수 있도록 하는 데 있다고 주장하였다. 다산은 목민심서 서문에서 "군자(君子)의 학은 수신이 그 반이요, 반은 목민인 것이다"라고 하면서 백성을 다스리는 일에 "수신(修身)"이라는 정신적 자세가 무엇보다 우선이어야 한다는 것을 강조하고 있다.

목민심서는 이러한 자세를 바탕으로 모두 48권 16책의 방대한 저작이다. 부임(赴任)부터 율기(律己)·봉공(奉公)·애민(愛民)·이전

(吏典)·호전(戶典)·예전(禮典)·병전(兵典)·형전(刑典)·공전(工典)·진황(賑荒)·해관(解官) 모두 12부로 구성되었고, 각 부가 다시 6조로 나뉘어 모두 72조로 편제되었다. 이는 지방관으로 벼슬살이 나가는 '부임'부터 임무를 마치고 귀환하는 '해관'까지의 프로세스별로 세부적인 사항을 적시하고 있다. 3기(三紀, 율기·봉공·애민)는 수령된 자의 마음 자세와 태도를 드러내고 있으며, 6전은 수령이 관장하는 실제 업무이자 백성의 삶과 직결된 내용을 다루고 있다. 그리고 72조 속에는 적게는 3개 조항 많게는 18개 조항으로 총 643개 조항이 들어있어 자세한 설명과 사례를 통해 실제로 현장에서 활용토록 하였다.

3기(三紀, 율기·봉공·애민)는 자신을 우선 다스리고(율기), 공무에 봉사하고(봉공), 백성을 사랑해야 한다(애민)는 목민관의 정신적 자세가 강조되고 있다. 즉 자신의 도덕적 책임 인식과 공직자로서의 역할과 사명에 대한 인식, 그리고 헌신적 자세로 백성을 주인답게 섬기는 자세를 이야기하고 있다. 목민심서는 목민을 위한 정치와 행정에 필요한 모든 사항이 망라된 탁월한 안내서다. 목민관으로서 기본이 되는 3기(三紀)에 있어 각각의 6조에 대해서 살펴보면 목민관의 기본을 보다 확실하게 이해할 수 있다.

율기에 칙궁(飭躬)은 자기 몸단속으로 일상생활에는 절도가 있고, 관대(冠帶)는 단정히 하며, 백성들에게 임할 때는 장중(莊重)하게 하는 것으로 술을 금하고 여색을 멀리하며 가무(歌舞)를 물리

**목민심서 12부 12편 72개 조항**

| 구분 | 12編 | 72개 條 내용 |
|---|---|---|
| 1 부 | 赴任六條 | 除拜재배·治裝치장·辭朝사조·啓行계행·上官상관·莅事이사 |
| 2 부 | 律己六條 | 飭躬칙궁·淸心청심·齊家제가·屛客병객·節用절용·樂施낙시 |
| 3 부 | 奉公六條 | 宣化선화·守法수법·禮際예제·文報문보·貢納공납·往役왕역 |
| 4 부 | 愛民六條 | 養老양노·慈幼자유·振窮진궁·哀喪애상·寬疾관질·救災구재 |
| 5 부 | 吏典六條 | 束吏속리·馭衆어중·用人용인·擧賢거현·察物찰물·考功고공 |
| 6 부 | 戶典六條 | 田政전정·稅法세법·穀簿곡부·戶籍호적·平賦평부·勸農권농 |
| 7 부 | 禮典六條 | 祭祀제사·賓客빈객·敎民교민·興學흥학·辨等변등·課藝과예 |
| 8 부 | 兵典六條 | 簽丁첨정·練卒연졸·修兵수병·勸武권무·應變응변·禦寇어구 |
| 9 부 | 刑典六條 | 聽訟청송·斷獄단옥·愼刑신형·恤囚휼수·禁暴금포·除害제해 |
| 10부 | 工田六條 | 山林산림·川澤천택·繕廨선해·修城수성·道路도로·匠作장작 |
| 11부 | 賑荒六條 | 備資비자·勸分권분·規模규모·設施설시·補力보력·竣事준사 |
| 12부 | 解官六條 | 遞代체대·歸裝귀장·願留원류·乞宥걸유·隱卒은졸·遺愛유애 |

치며 공손하고 단엄하게 유흥에 빠져 정사를 어지럽히고 시간을 헛되이 보내는 일이 없도록 해야 한다고 하였다. 제가(齊家)는 목민관이 가정을 다스리는 일로 조심해야 할 사항들로 몸을 닦은 뒤에 집을 다스리고, 집을 다스린 뒤에 나라를 다스림은 천하의 공통된 원칙이므로 고을을 다스리고자 하는 자는 먼저 제집을 잘 다스려야 한다고 하였다. 병객(屛客)은 외부로부터 청탁을 거절하는 일이다. 무릇 본 고을 백성과 이웃 고을 사람들을 인접(引接)해

서는 안 된다. 무릇 관부(官府)는 엄숙하고 청결해야 한다고 하였다. 절용(節用)은 씀씀이를 절약하는 일로 수령 노릇을 잘하려는 자는 반드시 자애로워야 하고, 자애로우려면 반드시 청렴해야 하며, 청렴하려면 반드시 절약해야 한다고 하였다.

낙시(樂施)는 은혜 베푸는 일을 즐기는 것으로 절약만 하고 쓰지 않으면 친척이 멀어지니 은혜 베풀어 가난한 친구나 궁한 친척들은 힘을 헤아려서 돌보아 주도록 하였다. 봉공의 6조에 선화(宣化)는 옳지 못한 사람을 덕행으로 감화시키는 것이며, 국가의 경사스러운 일은 마땅히 엄숙하고 조용하여 경건을 다해서 백성들이 조정의 존엄함을 알게 해야 한다고 하였다. 수법(守法)은 법을 지키는 일로 법이란 임금의 명령이다. 법을 지키지 않음은 임금의 명령을 따르지 않는 것이 된다. 이익에 유혹되지 않고 위협에 굴복하지 않는 것이 법을 지키는 도리이다. 비록 상사가 독촉하더라도 받아들이지 않음이 있어야 한다고 하였다. 예제(禮際)는 예의 있게 교제하는 일로 예의로 교제함은 군자가 신중히 여기는 바라고 하였다. 상사가 명령한 것이 공법(公法)에 어긋나고 민생에 해가 되는 것이면 꿋꿋하게 굽히지 말고 확실하게 지켜야 한다고 하였다.

문보(文報)는 공문서를 처리하는 일로 마땅히 정밀하게 생각하여 손수 써야지 아전들의 손에 맡겨서는 안 된다고 하였다. 공납(貢納)은 공물을 바치는 일로 재물은 백성에게서 나오는 것이며, 이를 수납하는 자는 수령이다. 아전의 부정을 잘 살피기만 하면 비록 수령이 관대하게 하더라도 폐해가 없지만, 아전의 부정을 살피지 못하면 비록 엄하게 하더라도 이익이 없다고 하였다.

왕역(往役)은 나가서 일하는 것으로 상사(上司)에서 차출하여 보내면 모두 순순히 받들어 행해야 한다고 하였다. 애민 6조의 양로(養老)는 노인을 우대하는 일로 양로(養老)의 예에는 반드시 말을 구하는 걸언(乞言)절차가 있으니, 백성의 폐해를 묻고 질병을 물어서 이 예(禮)에 맞추도록 해야 하고 섣달그믐 이틀 전에 노인들에게 음식물을 돌려야 한다고 하였다. 자유(慈幼)는 어린이를 보살피는 일로 백성들이 곤궁하게 되면 자식을 낳아도 거두지 못하니, 이들을 타이르고 길러서 내 자식처럼 보호해야 한다고 하였다.

진궁(振窮)은 궁한 사람을 도와주는 일로 홀아비〔鰥〕, 과부〔寡〕, 고아〔孤〕, 늙어 자식 없는 사람〔獨〕을 사궁(四窮)이라 하는데, 궁하여 스스로 일어날 수 없고, 남의 도움을 받아야 일어날 수 있도록 하고 과년(過年)하도록 혼인을 못 하는 자는 관에서 성혼시키도록 해야 한다고 하였다. 애상(哀喪)은 상을 당하였을 때의 일이다. 지극히 궁하고 가난한 백성이 있어 죽어도 염(殮)하지 못하고 개천이나 구렁텅이에 내버릴 형편인 자에게는 관에서 돈을 내어 장사 지내도록 하게 해야 한다고 하였다. 관질(寬疾)은 병든 자를 보살피는 일로 폐질자(廢疾者)와 독질자(篤疾者)에 조세(租稅)와 요역(徭役)을 면제해 주도록 하였다. 구재(救災)는 재난을 구하는 일로 수재(水災)와 화재(火災)에 대해서는 나라에 휼전(恤典)이 있으니 오직 정성스럽게 행할 것이요, 일정한 규정이 없는 것은 수령이 자량해서 구제해야 한다고 하였다. 이는 성서에서 예수님이 말하는 네 이웃을 사랑하고 돌봄을 말함과 같다. 다산은 벼슬살이를 하면서 이를 보고 경험하였고, 또 강진 유배지에서 목민관들의 행태를 보았다. 백성들은 굶어 죽어 가는데 목민관들은 아랑곳없이 그들이 배만 불리고 있는 것을 목격하였다. 이를 바탕으로 자신이 어떻게 할 수 없어서 마음속에 쓴다고 하면서 심서라고 하여 목민관들이 제발 백성들을 위해서 일해주길 간절히 바라는 마음으로 지침서를 만들었다. 이처럼 백성을 위한 목민관의 역할과 사명은 예나 지금이나 과중할 정도로 막중하다. 그래서 다산은 목민관의 직책은 아무나 가져서는 안 된다고 하였다.

LH 직원들의 땅 투기 사건, 대장동 비리 사건 등 우리 사회에 만연한 부정과 기득권들의 탐욕이 얼마나 심각한가를 우리 눈으로 직접 확인하고 있다. 변화와 개혁을 통한 공정한 사회가 얼마나 절실한가를 시사하고 있다. 급격한 환경 변화로 인한 경제적 여건과 노동 환경의 변화 또한 수많은 사람과 기업의 어려움을 가중하고 있다. 심지어 빈부의 격차까지 확대되고 있는 상황이다. 이것은 어느 개인의 문제가 아닌 범국가적 차원에서 보다 세밀한 방안들이 마련되고 다루어져야 할 것이다. 무엇보다 공직자들은 물론 사회지도층 모두가 200여 년 전에 다산 선생이 직접 체험한 것을 바탕으로 써 놓은 공직자들의 복무 기본지침서인 목민심서가 변화와 개혁을 통한 공정한 세상에 공직자들이 필수적으로 익혀야 할 안내서로 지나치는 것이 아니라 좀더 구체적으로 발품의 수고와 결과론적인 확인이 필요하다.

청주교육대학교 부설 초등학교
6학년 학생들이 청렴체험교실
시간에 그린 청렴 팝아트 포스터
출처 : 국민권익위 청렴연수원

# 3

## 암행어사 정약용

　부정부패로 나날이 조선은 피폐해지고 백성들은 굶어 죽어가는 현실 속에서 정조는 변화와 개혁을 통한 새로운 조선을 재건하고자 하였다. 정조는 부정부패로 인한 백성들의 고통을 해소하고자 암행어사를 파견하기도 하였다. 1794년 다산은 33세에 암행어사가 되어 경기도 지방을 중심으로 피폐한 백성들과 농촌의 실태를 살펴보게 되었다. 다산은 암행어사로 현장 경험이 목민관에 대한 새로운 인식은 물론 목민관의 사명을 다시금 인식하게 되는 기회가 되었다. 그것은 백성이 백성답게 살아가도록 해야겠다는 것이었다. 즉, "백성이 주인이다"는 다산정신의 핵심이었다. 그 정신은 현장에서는 물론 벼슬살이 내내 심지어 유배 생활 속에서도 변함없었다.

　늘 백성의 처지에서 목동이 양을 보살피듯 진정한 목민관의 기본자세였다. 암행어사 시절 쓴 "굶주리는 백성들(기민시飢民詩)"이라는 시를 보면 얼마나 다산이 절절히 백성들의 삶을 안타까워하며 애통해했는지 알 수 있다.

| 풀인 양 나무인 양 우리네 인생 | / 人生若草木 |
|---|---|
| 물이며 흙으로만 살아간다네 | / 水土延其支 |
| 힘껏 일해 땅의 털 먹고 살거니 | / 俛焉食地毛 |
| 콩과 조 그게 바로 적합하건만 | / 菽粟乃其宜 |
| 콩과 조 진귀하기 주옥 같으니 | / 菽粟如珠玉 |
| 혈기가 무슨 수로 기름질쏘냐 | / 榮衛何由滋 |
| 야윈 목은 늘어져 따오기 모양 | / 槁項頹鵠形 |
| 병든 살결 주름져 닭가죽일세 | / 病肉縐鷄皮 |
| 우물 두고 새벽 물 긷지를 않고 | / 有井不晨汲 |
| 땔감 두고 저녁밥 짓지를 않아 | / 有薪不夜炊 |
| 사지는 그런대로 움직이지만 | / 四肢雖得運 |
| 걸음걸인 맘대로 못하는 형편 | / 行步不自持 |
| 너른 들판 매서운 바람 많은데 | / 曠野多悲風 |
| 슬픈 기럭 저물녘 어디로 가나 | / 哀鴻暮何之 |
| 고을 사또 어진 정사 행하고 | / 縣官行仁政 |
| 사재 털어 구제해 준다는 말에 | / 賑恤云捐私 |
| 엉금엉금 관아문 걸어 들어가 | / 行行至縣門 |
| 입 쳐들고 죽가마 앞으로 간다 | / 喁喁就湯糜 |

개돼지도 버리어 마다할 것을       / 狗彘棄不顧

사람으로 엿처럼 달게 먹다니       / 乃人甘如飴

　　(생 략)

- 굶주리는 백성들[飢民詩] / 다산시문집 제2권 / 시(詩)

　　조정 안방에서만 지내다 암행어사로 경기 고을 적성, 마전, 연천, 삭령 등 현장을 바라본 다산은 그야말로 기절초풍이었다. 세상에 백성이 주인이건만 이렇게 피폐한 상황인 줄을 미처 알지 못했다. 고관대작 노릇만 하면서 지내는 조정 관료들의 모습과 굶주림에 시달리는 피폐한 백성들을 이렇게 현장에서 확인해보니 세상이 달라도 너무나 달랐다. 담당 고을 수령들이 저지른 부정부

패를 낱낱이 밝혀서 폐단을 바로잡았다. 다산은 나라와 백성을 사랑하는 마음으로 자신에게 주어진 암행어사의 임무를 온 힘을 다하였다. 목민관으로서 어떤 외압에도 굴하지 않고 왕의 명령에 따라 규정대로 보고서도 올리고 별도의 처리 상황도 보고하였다.

　대표적인 사례가 삭녕 군수 강명길과 연천의 전직 현감 김양직에 대한 보고서로 관직에 있으면서 부정하게 백성을 착취하고 관청의 재산을 착복한 죄들을 낱낱이 지적하여 고발하였다. 강명길은 정조의 임금 어머니 혜경궁 홍씨의 병을 보살피는 어의(御醫)였다. 그리고 김양직은 아버지 사도세자의 능을 수원으로 옮기면서 지관(地師) 노릇을 한 사람이었다. 이들은 임금의 총애와 왕실의 비호를 배경으로 제멋대로 백성들을 괴롭힌 인물이라고 보고하였다. 정약용은 이렇게 그들의 죄악을 암행어사로서 눈치 보지 않고 철저히 보고를 하였으나 조정의 같은 무리는 이들을 옹호하여 처벌해서는 안 된다고 하였다. 소위 전관 대우를 톡톡히 누리고 있었다. 현실에서 유별나게 법조계와 경제계에서 벌어지고 있는 전관 예우 문제가 어제 오늘의 문제가 아닌 고질적인 문제다는 것을 알 수 있는 대목이다.


그들이 진실로 옳다면 전하께서 무엇 때문에 신을 보내셨습니까. 이들이 총애하고 비호함을 빙자하여 이같이 방자하니, 바야흐로 탄로되기 전에는 오히려 조금이라도 의외심(疑畏心)을 가졌으나,

이미 탄로되어 수의의 장계(狀啓)에 올랐는데도 끝내 아무 일이 없으면, 장차 날개를 펴고 꼬리를 치며 양양하게 다시는 자중함이 없을 것입니다. (중략) 양직(養直)이 무슨 공이 있습니까. 그는 늙은 서생으로 하루아침에 부인(符印)을 차고 수령이 된 것만으로도 만족한데, 장오(贓汚)의 법을 범하였는데도 그대로 놓아주고 죄를 묻지 않으시니, 신의 어리석은 소견으로는 헤아릴 수 없습니다.

- 문집 9권 / 소(疏) / 경기 어사로 복명(復命)한 후에 일을 논하는 소

다산은 조정의 외압에 의해 보고서가 제대로 올라가 처리되지 못함을 견디지 못하여 임금께 상소하여 민생과 국법이 준수되도록 하였다. 임금 자신이 친밀함이나 인정에 이끌리지 않고 국가법을 존중하도록 요구하였다. 그리하여 임금이 측근을 바로 세워서

백성들도 법에 따라 그들이 처벌받을 수 있도록 하였다. 법에 어긋난 비리 관료들을 처벌하지 않으면 어떤 경우도 처벌할 수 없다고 임금한테 요구하였다. 다산은 이처럼 탐욕스러운 관리들로 인하여 파탄 난 민생도 살리고 국법의 존엄한 권위도 살리도록 하였다.

또 다산은 경기도 관찰사 서용보의 집안사람이 서용보에게 잘 보이려고 마전의 향교터가 묏자리로 좋다는 이야기를 듣고 서용보에게 묏자리를 쓰게 하려고 고을의 선비들을 협박하여 향교를 옮기도록 한 일을 적발하여 범법자를 처벌하였다. 일찍이 한비자는 난삼(難三)에서 "지혜를 보태지 않으면 어진 자를 임용하면 위태롭다"라고 하였다.

또 서영보가 경기도 관찰사로 있으면서 임금님의 행차가 과천행으로 금천 방향으로는 다니지 않았는데도 임금의 행차를 핑계로 금천의 도로 보수비를 높게 책정하여 받아 낸 것을 적발하여 임금에게 자세히 보고했다. 이런 일들로 서용보는 다산이 눈에 가시와 같이 불편한 관계였다. 다산의 백성을 위한 위민정신과 부정부패에 대한 공정한 처벌에 대한 반성은 커녕 서용보는 신유사옥 때는 우의정이라는 높은 벼슬에 있으면서 다산을 재판할 때 결정적인 역할을 하였다. 보복을 통해 다산을 치명적으로 유배까지 보낸 것이다. 1801년 봄 신유사옥 때 다산 삼 형제는 모두 체포되어 신문을 받고 정약종은 참수당하고, 정약전, 정약용 형제는 유배를 당하였다. 많은 대신이 두 형제를 석방하자고 하였으나 서용보가 강력하게 반대하여 유배령이 내려졌다.

비록 200여 년 전의 일이지만 오늘날 우리 사회에서 벌어지고 있는 사건, 사고와 다를 게 없다. 문제는 사람이다. 아무리 시대가 발전했다고 하지만 우리의 정신적 수준과 욕망은 예나 지금이나 다를 게 없다. 오늘날 유한한 물질적 욕망은 결과적으로 지구촌의 온난화와 환경 파괴로 이어져 재난 등으로 하루가 다르게 지구촌이 변하고 있다.

불확실한 시대 우리가 한 번도 경험하지 못하고 예측도 불가한 상황에서 변화와 개혁 없이는 아무것도 변화시킬 수 없다. 이것의 문제 해결은 바로 사람의 정신이다. 새로운 변화와 개혁의 공동체 의식을 통하여 서로의 미래를 위한 배려와 나눔이 해결책이다. 200여 년 전 피폐한 백성들의 모습을 보면서 쓴 다산의 기민시에 담겨져 있는 상황은 불확실한 시대 시련과 고난의 여정 속에서 어떻게 나아가야 할 것인가를 시사하는 사회 비판 시이다. 다산은 암행어사 시절의 부정과 부패에 대한 철저한 조사와 징벌을 통해 보다 공정한 세상을 구현하고자 하였다. 오늘날 우리 사회가 요구하고 있는 변화와 개혁을 통한 공정한 세상과 무관치 않다.

더구나 우리가 맞이하게 될 가상현실 세계는 아무도 예측할 수 없는 불확실한 눈에 보이지 않는 공간이다. 이런 불확실성 시대에 올바른 정신적 자세는 그 어느 때보다 절실한 때이다.

# 4

# 3번의 유배 길 흔적

다산은 3번의 유배를 당하였다. 첫 번째 유배는 그의 나이 29세 때(1790)로 이제 막 벼슬길에 오른 때였다. 한림의 후보로 뽑혀 시험을 거쳐 예문관 검열(정9품)로 임명을 받아 업무를 수행하게 되었다. 그런데 사헌부에서 한림의 선발 과정에 문제가 있다고 비판하는 견해가 제기되자 다산은 자존심이 상하여 두 번이나 사직상소를 올리고 임금이 여러 번 불렀으나 조정에 나가지 않았다. 그래서 다산은 충청도 해미로 유배를 가게 되었다. 유배는 열흘만에 풀렸다. 다산의 유배 죄목은 한림 직책을 사직하고 임금이 불러도 오지 않은 괘씸죄였지만, 실은 반대파들에 대한 자존심이었다.

두 번째 유배는 신유사옥(1801) 때이다. 정조의 갑작스러운 죽음으로 12살 순조가 즉위하자 정순 대비가 수렴청정을 시작하면서 1801년 천주교 탄압을 위한 사학금령(邪學禁令)을 선포하였다.

내용을 보면 천주교와 관련된 사람들을 죽여서 씨를 말리려는 가혹한 형벌을 내린다는 포고문이었다.

"사람이 사람 노릇을 할 수 있음은 인륜이 있기 때문이고, 나라가 나라일 수 있음은 교화가 있기 때문이다. 오늘날 사학이라고 말해지는 것은 아비도 없고 임금도 없어 인륜을 파괴하고 교화에 배치되어 저절로 짐승이나 오랑캐에 돌아가 버린다. 엄하게 금한 이후에도 개전의 정이 없는 무리들은 마땅히 역률에 의거하여 처리하고, 각 지방의 수령들은 오가작통(五家作統)의 법률에 따라 그 안에 만약 사학의 무리가 있다면 통장은 관에 고하여 처벌하도록 하되, 마땅히 코를 베어 죽여서 씨가 남지 않도록 해라"

- 순종실록, 원년 1월

신유사옥은 정약용의 셋째 형 정약종이 신유년(1801) 1월 19일 조정의 탄압에 대비하기 위하여 천주교 관련 서적, 성구, 서찰 등을 담은 책롱을 안전한 곳으로 운반하려다가 한성부의 포교에 의해 압수당하는 사건이다. 이 사건의 결과 이승훈 정약종, 최필공, 홍교만, 홍낙민, 최창현 등 천주교의 핵심 구성원들이 서소문 밖에서 목이 잘려 죽었고, 이가환, 권철신은 고문을 당하여 옥사하고 말았다. 하지만 정약용과 둘째 형 정약전은 죽음을 모면하고 정약전은 강진현 신지도로, 정약용은 장기현으로 유배를 당하였다.

다산은 유배형으로 장기현으로 내려가는 길에 하담의 선영의 부모님 무덤에 하직 인사를 하면서 쓴 시가 있다. 얼마 전까지 정조의 총애로 형조참의로 죄인을 심문하고 판결을 했던 자신이 이제는 죄인의 몸으로 유배는 가게 되었으니 얼마나 원통하겠는가. 온갖 생각을 다 하면서 부모님의 무덤 앞에서 한없이 비통한 마음으로 무릎을 끓은 다산의 모습이 너무 선하다.

| | |
|---|---|
| 아버지여 아시나이까 모르시나이까 | / 父兮知不知 |
| 어머님은 아십니까 모르십니까 | / 母兮知不知 |
| 가문이 금방 다 무너지고 | / 家門欻傾覆 |
| 죽느냐 사느냐 지금 이렇게 되었네요 | / 死生今如斯 |
| 이 목숨 비록 부지한다 해도 | / 殘喘雖得保 |
| 큰 기대는 이미 틀렸습니다 | / 大質嗟已虧 |
| 이 아들 낳고 부모님 기뻐하시고 | / 兒生父母悅 |
| 쉴새없이 만지시고 기르셨지요 | / 育鞠勤携持 |
| 하늘같은 그 은혜 꼭 보답하려했는데 | / 謂當報天顯 |
| 이리 못되리라 생각이나 했겠습니까 | / 豈意招芟夷 |
| 이 세상 사람들 모두가 | / 幾令世間人 |
| 아들 낳은 일 축하할 일 아니게 만들 줄을 | / 不復賀生兒 |

- 다산시문집 제4권 / 시(詩) / 하담에서의 이별[荷潭別]

다산은 7개월 동안 장기에서 보냈다. 이곳에서 다산은 그의 의학서인 촌병혹치(村病或治)를 저술하였다. 안타깝게 이 책은 서문만 남아있는데 다산은 서문에서 그곳에 궁핍한 백성들의 인명을 구해주라는 요청으로 자식들이 다산을 염려하여 보내준 의서를 보면서 저술한 책이다. 다산은 서민들이 시골에서 더욱 쉽게 활용할 수 있는 실질적인 처방을 하도록 하였다. 그리고 다산은 유배지에서 피폐한 서민들의 삶의 모습을 생생하게 시로 표현하여 당시의 궁핍한 서민들의 생활을 짐작할 수 있다.

| | |
|---|---|
| 고추장에 파뿌리를 곁들여서 먹는다 | 合同椒醬與葱根 |
| 금년에는 넙치마저 구하기가 어려운데 | 今年比目猶難得 |
| 잡는 족족 말려서 관가에다 바친다네 | 盡作乾鯡入縣門 |
| 송아지가 외밭에 뛰어들지 못하도록 | 不教黃犢入瓜田 |
| 서편 뜰 고무래 옆에 옮겨 매 두었는데 | 移繫西庭碌碡邊 |
| 새벽녘에 이정이 와 코를 뚫어 몰고 가며 | 里正曉來穿鼻去 |
| 동래 하납 배를 챙겨 짐 싣는다 하더라네 | 東萊下納始裝船 |

- 다산시문집 제4권 / 시(詩) / 장기 농가(長鬐農歌) 10장(章) 중 일부

세 번째 유배지는 황사영 사건에 따른 유배이다.

다산은 장기에서 유배 중에 천주교도인 황사영 백서사건이 발생하였다. 이 사건은 제천의 배론 토굴에 도피 중이던 황사영이

중국에 있는 프랑스 선교사에게 비단에 써서 보내려던 편지가 발각된 사건이다. 이 편지 속에는 청국 황제가 조선 국왕에게 천주교도 박해 중지의 압력을 가하도록 선교사들이 개입해 달라는 청원이었다.

이 사건으로 황사영은 즉각 체포되어 능지처참을 당하였고, 황사영의 모친과 부인은 거제도와 제주도로 쫓겨 여종살이를 해야 했고 세 살짜리 아들은 추자도에 버려졌다. 황사영은 다산의 큰형인 정약현의 사위로 다산에게는 조카사위로 16세 때 진사시에 장원급제한 수재였다. 이 사건으로 다산은 황사영의 인척으로 배후가 된다는 이유로 유배지 장기에서 다시 불려왔다. 하지만 심문 결과 서로 내통한 흔적을 발견할 수 없었다. 그래서 다산은 강진으로 형 정약전은 다시 신지도로 유배지가 바뀌어 유배를 가게 되었다.

　다산은 3번의 유배를 당하였으나 그럴 때마다 자신에게 부끄럽지 않게 처신하였다. 첫 번째 유배 역시 당당하게 자신의 주장을 펼치면서 정조가 불러도 안 나갈 정도였다. 그것은 당파싸움으로 다산의 앞길을 훼방하려 한 반대파에 대한 자존심의 대결이었다. 두 번째 유배 역시 천주쟁이라는 빌미로 아무런 물증도 없이 단지 형제라는 이유만으로 장기로 유배를 가게 되었다. 그곳에서도 다산은 백성들의 병을 돌보기 위하여 의술서 〈촌병혹치〉를 저술하였다. 그리고 마지막 3번째 유배지는 강진이다. 그곳에서 18년 유배 생활 동안 사위재, 보은산방, 이하래 제자 집, 다산초당 4곳을 거처를 옮겨 지냈다. 그곳에서 다산은 제자를 양성하였고 600여 권의 책을 저술하여 실학을 집대성하여 후세에 "다산학"이라 불리는 학문적 위업을 남겼다.

　유배를 여가로 생각하며 어떠한 상황에서도 긍정적으로 자신이 처한 상황을 기회로 만들었다. 언택트 시대로 하루가 다르게 변화하고 있는 세상에서 유배를 기회로 승화시킨 다산의 유배길 흔적을 되새겨본다.

# 5 유배지를 실학 성지로

1801년 겨울 동짓달 다산은 나주 율정 삼거리에서 둘째 형 정약
전과 피맺힌 이별을 하고 강진에 도착하였다. 반겨주는 사람 없는
조선의 남쪽 끝 강진에서 한양의 죄인이 된 소문이 번개처럼 번지
니 보는 사람마다 까무러쳐 도망치고 누구 하나 말 상대가 없었다
며 다산은 상례사전 서문에 그때의 일을 다음과 같이 적고 있다.

강진은 옛날 백제의 남쪽 변방으로 지역이 낮고 풍속이 고루하였
다. 이때 그곳 백성들은 유배된 사람 보기를 마치 큰 해독처럼 여
겨서 가는 곳마다 모두 문을 부수고 담장을 허물어뜨리면서 달아
나 버렸다. 그런데 한 노파가 나를 불쌍히 여겨 자기 집에 머물게
해 주었다. 이윽고 나는 창문을 닫아걸고 밤낮 혼자 오똑이 앉아
있노라니, 함께 이야기할 사람이 없었다.

- 상례사전 서(喪禮四箋序), 다산시문집 제12권 / 서(序)

동문 밖 주모가 다산에게 주막집 뒤 토방을 내주었다. 다산은 이곳에서 4년간 거처했다. 이때 유일한 말동무도 바로 주막집 주모였다. 다산은 이곳에서 비록 밥파는 주막집 주모였으나 부모 존경의 차별에 대한 질문을 통하여 하늘과 땅 사이의 지극히 정밀하고 오묘한 뜻을 말하는 것에 흠칫 놀라며 삼가 존경하는 마음이 싹텄다고 하였다. 다산은 주모의 현실 세계에 대한 혜안과 후한 사랑과 배려로 정신을 차리며 몸을 추슬러 갔다. 그때 쓴 것이 바로 사의재기(四宜齋記)로 생각은 마땅히 담백해야 하니 담백하지 않은 바가 있으면 그것을 빨리 맑게 해야 하고, 외모는 마땅히 장엄해야 하니 장엄하지 않은 바가 있으면 그것을 빨리 단정히 해야 하고, 말은 마땅히 적어야 하니 적지 않은 바가 있으면 빨리 그쳐야 하고, 움직임은 마땅히 무거워야 하니 무겁지 않음이 있으면 빨리 더디게 해야 한다며 마음을 다잡고 기약 없는 유배 생활을 시작하게 되었다.

사의재에서 5년, 제자 이청 집에서 2년, 고성사 보은산방에서 1년을 머물다 다산학의 산실인 다산초당에서 10년을 머물게 되었다. 다산초당은 본래 귤동마을에 살던 해남윤씨 집안 윤단의 산정이었다. 정약용이 아홉 살 때 세상을 떠난 그의 어머니는 조선 시대 공재 윤두서의 손녀였다. 그래서 귤동마을 해남윤씨들은 정약용에게 외가쪽과 연계가 되었다. 귀양살이가 여러 해 지나면서 삼엄했던 관의 눈길이 조금은 누그러지자 주위에 제자들이 모이게 되었다. 이렇게 모이게 된 18명의 제자가 다산의 독창적 학문인 다산학을 완성하는 데 일조하였다.

특히 다산의 저술은 제자 각자의 역할 분담을 통하여 철저하게 분업 시스템으로 많은 책을 저술할 수가 있었다. 다산이 회갑을 맞이하여 자찬묘지명에서 자신이 저술한 책에 대해서 다음과 같이 밝히고 있다.

용이 강진으로 유배되어 생각하기를 '소싯적에는 학문에 뜻을 두었으나 20년 동안 세상살이에 빠져 다시 선왕(先王)의 대도(大道)가 있는 줄을 알지 못하였는데 지금 여가를 얻게 되었다.' (중략) 그리하여 육경(六經)과 사서(四書)를 가져다가 침잠(沈潛)하여 탐구하고, 한위(漢魏) 이래로 명청(明淸)에 이르기까지의 모든 유자(儒者)의 학설로 경전(經典)에 보익이 될 만한 것은 널리 수집하고 두루 고증하여 오류를 정하고 취사(取捨)하여 일가(一家)의 서(書)를 갖추었다.

- 다산시문집 제16권 / 자찬 묘지명(自撰墓誌銘) 집중본(集中本)

자찬묘지명에서 다산은 경집 232권, 문집 126권, 잡찬 141권 총 499권으로 밝히고 있다. 이후 그의 후손이 쓴 〈열수전서총록〉에는 경집 250권, 문집 126권, 잡찬 166권으로 총 542권으로 나타나고 있다. 이처럼 다산은 그의 독창적 방법으로 방대한 저술을 통하여 "실학의 집대성자"로 불리게 되었다.

실사구시(實事求是)의 "다산학"은 서양세력이 동양에 진출하는 이른바 서세동점(西勢東漸)의 세계사적 전환기로 임진왜란과 병자호란의 외침으로 조선이 황폐해졌던 시기였다. 이렇게 대내외적으로 피폐하고 어려운 상황 속에서 조선의 사상적 토대인 유교의 한계가 드러나면서 급변하는 시대적 상황에 걸맞는 새로운 이념이 요구되고 있었다. 당시 학문 세계는 다산이 오학론에서 비판한 것처럼 백성들의 생활과는 동떨어진 경향이 강하였다. 이에 대한 대안으로 떠오른 게 바로 실학으로 '실용(實用)'을 중시하는 학풍으로 다산은 유배 18년 고대 유교 경전을 연구 600여 권의 책을 저술하여 "다산학"이라는 독창적 학문을 통하여 국가의 전반적인 개혁은 물론 백성들을 위한 위국 애민의 사상적 토대를 쌓았다.

다산은 유배지를 실학의 성지로 그리고 위기를 기회로 만들었다. 가상의 공간인 꿈 속에 조선의 미래를 구상하였다. 오늘날 우리 앞에 닦친 불확실한 미래 역시 우리들의 정신과 마음먹기에 따라 지옥도 되고 낙원도 될 수 있음을 시사하고 있다.

## √ 다산심부름꾼의 묻고 답하기

다산은 원정(原政)을 통해서 "정치란 바로잡는 일(正)이다"라고 하였다.

1. 내가 생각하는 바른 정치란 무엇인가?

2. 오늘날 공직자들의 국민에 대한 생각은 어떤가?

3. 국가와 개인, 개인과 국가의 관계에 대해서 어떻게 생각하는가?

PART 3

# 고통을
# 소통으로

茶山

茶山

공간이 어디든
소통없는 공간은 없다.
급변한 세상일수록
소통은 더욱더 절실하다.

# 1 소통으로 백성을

다산은 4살 때부터 부친과 소통하며 천자문을 배우기 시작했고, 여섯 살 때는 연천 현감인 부친을 따라가 경전을 익히기 시작하였다. 7살 때는 시를 지어 부친을 놀라게 하였다. 부자간에 가르치고 배우면서 자연스럽게 소통이 이루어졌으니 다산이 특별히 어떤 스승 없이도 스스로 공부하여 과거까지 합격할 수 있었다. 원활한 소통이 없이는 이런 학습이 지속될 수 없다는 것을 오늘날 우리 자녀들과의 소통을 생각해 보면 쉽게 이해가 될 것이다.

특히 다산은 둘째 형 정약전과 원활한 소통을 하면서 형제라기보다는 학문적 친구와 같은 관계를 맺었다. 그들은 서로가 과거에 합격하여 집안을 빛내기도 하였다.

다산은 1776년 15살 결혼 후 아버지의 지도로 경전을 읽던 시골 다산에서 벗어나 서울에 머물면서 새로운 대인관계 속에서 공자와 맹자의 가르침에 따라 천성을 북돋우고 사람으로서 지켜야 할 도리를 다하겠다는 의지를 그의 시를 통해 확인할 수 있다.

인생이란 하늘땅 중간에 처해 　/ 人生處兩間

타고난 자질 구현 바로 그 직분 　/ 踐形乃其職

우매한 자 본연의 천성을 잃고 　/ 下愚泯天良

평생을 의식 위해 몸을 바치네 　/ 畢世營衣食

효제는 다름 아닌 인애의 근본 　/ 孝弟寔仁本

학문은 여력으로 닦으면 그만 　/ 學問須餘力

만약에 명심하여 아니 힘쓰면 　/ 若復不刻勵

그럭저럭 그 덕을 끝내 잃으리 　/ 苒苒喪其德

- 다산시문집 제1권 / 시(詩) / 입춘일에 용동집의 벽에 제하다[立春日題龍衕屋壁]

　새로운 환경에서 새로운 각오를 통해서 소통하겠다는 다산의
의지였다.

　소통은 누구와 소통하느냐에 따라 많은 영향을 받게 된다. 다
산은 서울에 올라와 성호 학파인 이익의 저술을 익히고 토론을 하
면서 새로운 학문적 세계를 발견하게 되었다. 여기서 다산은 사회
현실에 대한 해결방법으로 경세치용이라는 실학 방법을 알게 되
고 또 새로운 합리적인 세계관에 기반한 서학을 알게 된 것이다.

　다산은 1783년 22살에 성균관에 입학하여 1789년 28살 과거
에 합격하여 본격적인 벼슬길에 오르기 전 6년간의 성균관 생활

을 살펴봐도 다산의 의사소통에 대한 역량을 확인할 수가 있다. 다산은 가까운 선비들과 소통하면서 성호 학파들과 소통하고 봄날엔 성균관 학생들과 시 모임을 개최하기도 하였다. 그뿐만 아니라 정조가 낸 숙제를 평소에 함께 교류하며 소통하던 이벽과 함께 토론을 통하여 질문 70개를 아주 훌륭히 작성하여 정조로부터 극찬을 받기까지 하였다. 과거 합격 후 벼슬길에 올라서 암행어사 시절 농촌 현장을 돌아보면서 암행 감찰시 다산의 소통능력은 빛이 났다.

관료들의 부정부패에 대한 비리 적발은 원활한 소통능력 없이는 적발할 수가 없다. 특히, 왕실의 비호를 받는 사람들에 대한 비리를 적발하고 처벌토록 할 수 있었던 것은 밑으로는 백성으로부터 위로는 왕까지 이어지는 의사 전달과정에서 확실한 의사소통 없이는 불가능했다. 다산이 정조 임금과 글 장난하는 광경을 상상해 보면 얼마나 서로가 소통을 잘 하였는지를 짐작할 수 있다. 신하와 왕의 관계라기보다는 서로가 학문적 동료 같은 분위기이다.

정조 : 말이 마치(馬齒) 하나 둘이라
다산 : 닭의 깃이 계우(鷄羽) 열다섯이오
정조 : 보리뿌리 맥근 맥근(麥根)
다산 : 오동열매 동실 동실(桐實)
정조 : 아침 까치 조작 조작(朝鵲)
다산 : 낮 송아지 오독 오독(午犢)

말의 이빨이라는 의미의 마치(馬齒)이고, 닭의 깃이라는 계우(鷄羽)이고, 보리 뿌리 맥근 맥근(麥根)과 오동 열매 동실 동실(桐實)은 우리말과 한자의 발음이 같은 것을 나타낸 것들이다. 그리고 아침 까치 조작 조작(朝鵲)과 낮 송아지 오독 오독(午犢)은 우리말의 의성어와 한자의 발음이 같은 것이다.

이처럼 다산과 정조는 글 장난을 하면서 소통하였다. 그리고 황해도 곡산 부사 시절 이계심 사건은 백성들의 호소를 가감 없이 듣고 확인하여 해소함으로써 그의 소통능력을 확인할 수 있다.

유배 생활 속에서 다산은 자신의 처지를 비관과 울분보다는 저술 활동뿐 만이 아니라 자연과의 소통을 통하여 2,500여 편의 시를 통하여 백성들의 피폐한 생활과 소통하기도 하였다. 200여 년이라는 세월이 흐르고 시대가 바뀌었지만 시대를 엮은 다산의 시를 통하여 지금도 당시의 그 모습 속에서 소통할 수 있다. 소통은 서로를 이해하는 감성지능(EQ)의 핵심으로서 공감적 배려를 통한 리더십의 기본적인 가치이다. 그리고 소통은 인간사회의 생존 양식이자 인간의 사회생활 그 자체이다. 새로운 공동체 사회를 위한 우리 모두의 소통이 절실한 이때, 다산의 삶 속에 소통은 역사 속의 소통이 아닌 오늘날 우리 사회의 소통과 다를 게 없다.

# 2

# 농부들과 소통

| | |
|---|---|
| 누런 느릅나무 새잎이 돋아 | / 黃榆齊吐葉 |
| 둘러앉으니 녹음이 짙네 | / 環坐綠陰濃 |
| 꽃 지려 하자 벌들은 꽃술을 다투고 | / 花瘦蜂爭蕊 |
| 숲이 따스하여 사슴은 뿔을 가꾼다 | / 林暄鹿養茸 |
| 님의 은혜로 목숨은 붙었는데 | / 主恩餘性命 |
| 시골 늙은이들 표정을 잘 안 내 | / 村老惜形容 |
| 치안 정책을 알고 싶다면 | / 欲識治安策 |
| 당연히 농부에게 물어야겠지 | / 端宜問野農 |

-다산시문집 제4권 / 시(詩) / 저물녘에 느릅나무 숲 속을 거닐며[榆林晚步]

"우문현답"이라는 말이 있다. 다산은 시 속에서 "당연히 농부에게 물어야지"라며 우리들의 문제는 늘 현장에 답이 있다는 것을 가르치고 있다. 다산의 사상과 정신은 철저하게 그의 개인적 삶은 물론 사회적 삶 속에 고스란히 배어있다. 조정의 높은 벼슬 아치 생활 속에서 안락하게 생활하다가 유배되어 18년의 유배 생활 속에서 부패한 조선 사회가 안고 있는 문제들을 몸소 현장에서 듣고 보고 체험하면서 이를 비판적인 글로 풀어냈다.

다산은 일찍이 공자도, 요임금도, 순임금도 민생을 살피려거든 꼴 베는 사람에게 물어야 한다고 했듯이, 다산도 "저물녘에 느릅나무 숲 속을 거닐며[楡林晚步]"라는 시 속에서 민생은 백성에게 당연히 물어야 한다고 하였다. 다산은 유배 전에도 이러한 생각은 여전했다. 특히 암행어사 시절과 황해도 곡산 부사 시절에 다산의 업적을 보면 확인할 수 있다.

나라와 백성을 위한 목민관으로서 백성을 사랑하는 마음으로 현장을 살피며 시와 소설, 논설문, 편지, 실학서를 쓰며 조선 사회를 적극 비판하고 조선 사회를 개혁하려고 하였다. 현직에 있을 때나 유배지 낯선 땅에서 궁핍하게 살아가는 백성들의 삶을 겸손하게 되돌아보며 다산은 위기를 기회로 창조하였다. 늘 높은 조정에서 내려다보던 휘황찬란하던 풍경은 바로 백성들의 고통과 피, 눈물인 것이 비참하고 쓰라렸다. 다산은 민생현장에서 백성들의 아우성을 통해서 지배층과 고위층들의 잘못된 인식과 사고가 바뀌지 않으면 영영 조선은 망할 수밖에 없다는 확신을 하게 되었다.

그런 백성들의 목소리를 통해서 바로 경학을 바탕으로 한 경세학이 나올 수 있었다. 다산의 경세학인 경세유표, 목민심서, 흠흠신서가 바로 나라를 위하고 백성을 사랑하는 다산의 진정한 마음 속에서 표출된 변화와 개혁의 소통서이다.

경세유표 서문에서 "그윽이 생각건대, 대개 털끝만큼 작은 일이라도 병폐 아닌 것이 없으니, 지금에 와서 고치지 않으면 반드시 나라를 망치고야 말 것이다. 이것이 어찌 충신과 지사가 팔짱 끼고 방관할 수 있는 것이겠는가"라고 한 것처럼 다산은 조선 사회의 개혁서를 만들어 제시하였다. 그리고 목민심서 서문에서도 "요즈음의 지방 장관이란 자들은 이익을 추구하는 데만 급급하고 어떻게 백성을 다스려야 할 것인지는 모르고 있다. 이 때문에 백성들은 곤궁하고 피폐하여 서로 떠돌다가 굶어 죽은 시체가 구렁텅이에 가득한데도 지방 장관이 된 자들은 한창 좋은 옷과 맛있는 음식으로 자기만 살찌우고 있으니, 어찌 슬픈 일이 아니겠는가"라며 진정으로 목민관들이 백성들을 위해서 일하는 것이 아니라 지방 장관이 된 자들이 아주 좋은 옷과 맛있는 음식으로 자기만 살찌우고 있는 상황에서 백성들을 위한 목민관들의 복무 안내서를 만들어 실천토록 한 것이다.

다산은 목민심서를 저술하면서 형조 편에서 백성들의 목숨에 대한 송사를 다루면서 그에 대한 내용이 너무나 소중하고 방대해서 백성들의 목숨을 소중히 다루게 하려고 별책으로 흠흠신서를 저술하였다. 그만큼 다산은 흠흠신서를 통하여 섣불리 백성들의 목숨을 함부로 다루지 않도록 할 만큼 백성에 대한 사랑이 지극

하였다.

200여 년 전 다산은 불확실한 유배 생활 속에서 미래를 가상 공간인 꿈 속에 담았다. 다양한 소통의 방법을 통하여 불어 닥칠 미래를 구상하였다. 오늘날 급변하는 새로운 가상 공간에서 세대 간 정보의 격차는 갈등을 초래 할수 있다. 이것은 세대 간 소통없이는 해결 할 수 없다. 서로 다른 세상을 경험하고 있는 X, Y, Z 세대와의 소통 없이 새로운 세계를 여행 할수 없다. 서로의 차이와 다름을 인정한 세대 간 소통은 그들의 현장에서 찾아야 한다. 그것은 어느 누구라고 지칭하기 보다는 새로운 미래를 위한 우리 모두의 과제이다.

# 3

# 실용적 학문과 소통

다산은 당대의 주요 학문인 성리학(性理學), 훈고학(訓詁學), 문장학(文章學), 과거학(科擧學), 술수학(術數學)에 대한 오학론(五學論)을 통하여 각각의 학문에 대한 병폐를 낱낱이 지적하고 진정한 학문은 실천성과 유용성 및 합리성과 객관성이 있어야 한다고 주장하였다. 그리고 사물의 이치와 인간의 본성을 알아 수양을 통해 천도를 실현하는 것을 목적으로 하는데, 요즘의 성리학자들은 논의만 하는데 정력을 소모하고 또 그런 논의가 수천의 줄기와 가지로 뻗어 자기와 다른 주장을 하면 상대를 비난하고 동조자를 모아 심각한 분쟁을 초래한다고 비판하였다. 진정으로 민생에 필요한 학문에는 관심도 능력도 보이지 않는다는 것이다. 학문을 해도 그저 산림(山林)으로만 들어가려 하고, 관직을 주면 돈과 곡식, 군대, 소송, 혼례 등의 실무적인 행정이나 제도 등등에는 소용이 없다며 이런 학문의 무용론을 주장하였다.

한편 다산은 인간과 만물의 관계에 대한 성리학의 이해를 정면으로 비판하고 전면적인 발상의 전환을 시도하여 새로운 차원의 인간 이해를 정립하였다. 이런 바탕 위에 다산의 경전 작업은 주자학에서 벗어나 현실적 합리성에 기반한 인간 발견이요 사회인식으로서 실학적 세계관을 체계화하였다.

줄기와 가지와 잎새가 수천수만으로 갈라져 자질구레한 개념분석에 빠져 본래의 정신을 잃고 있다고 신랄하게 비판하였다. 터럭 끝까지 세밀히 분석하면서 서로 자기의 주장이 옳다고 기세를 올리면서 남의 주장을 배척하는가 하면, 묵묵히 마음을 가다듬어 연구에 몰두하기도 하다가 끝에 가서는 대단한 것을 깨달은 것처럼 목에 핏대를 세우면서 스스로 천하의 고묘(高妙)한 이치를 다 터득했다고 떠든다고 하였다.

- 다산문집 11권 / 문집 / 논 / 오학론 1

훈고학은 한(漢) 나라와 송(宋)나라의 것을 절충한다는 명분은 내세우고 있지만, 실상은 한 나라의 것만을 존숭하고 있을 뿐이라고 하였다. 다산은 학문의 표준을 언제나 경전 그 자체에서 확인해야 할 것임을 분명히 하였다. 옛것을 알고 그것을 통해서 백성들에게 더욱 위안이 되고 그것을 통해서 더욱 살기 편한 세상을 만들어야 한다는 생각이었다. 하지만 문장의 단락만을 해석하여

서로 다름에 대한 것만 밝히고 옳고 그름을 판별하고 정(正)과 부
정(不正)을 구별하여 몸소 체험하여 실행하는 방법을 찾으려 하지
않으니, 이것이 무슨 학문인가라고 그 폐단을 비판하였다. 다산의
판단 기준은 진리이지 기존의 학문전통이나 권위가 아니라고 하
였다.

　또 문장학(文章學)은 유가에서 존숭 되는 경전들은 본래 일정한
격식이 있는 것이 아니라, 표현의 내용을 개성적인 문장에 담아낸
것이라고 하였다. 하지만 문장이라는 것이 허공에 걸려 있고 땅에
펼쳐져 있어 바라볼 수 있고 달려가 잡을 수 있냐며 부질없는 학

문이라고 하였다. 다산은 문장학이 춘추전국이 지나면서 내용은 뒷전이고, 문장의 표현과 기교에만 몰두하는 경향이 계속 이어져 왔다고 하였다.

그러면서 지금의 문장은 청대(清代)의 파격적 사조를 모방해 인간의 정감을 실속은 없고 겉만 화려하게 하고 심하게 뒤흔들어 놓아 세상에서 이름을 얻으려는 부류들로 우글대고 있다고 비판하였다.

과거학 또한 이 세상을 주관(主管)하면서 온 천하를 배우(俳優)가 연극을 연출하는 것과 같은 기교로 통솔하는 것이 과거학(科擧學)이라고 하였다. 과거학이 허황하고 교묘한 말로 문장을 꾸며 벼슬길만을 노리고 있다고 하였다. 나라와 백성을 위한 목민관을 뽑기 위한 과거가 학문은 박식하고 의젓하지만, 마음에는 인간과 사회 역사에 대한 절실한 고민과 모색이 없는 출세 지향 주의로 흘러 진정한 목민관을 육성치 못하고 있다고 하였다. 오히려 과거학이 퇴폐하고 나라를 병들어 가게 하는 폐단이 되고 있다고 하였다. 오늘날 공무원시험과 다를 바가 없다. 매년 수천명을 뽑는데 인성(人性)을 전혀보지 않고 때로는 실무능력조차 무시하는 기준점과 목표를 상실한 공무원 채용시험의 문제점의 개선이 시급함을 확인 할 수 있다.

술수학(術數學)은 학문이 아니라 혹술(惑術) 즉 사람을 유혹하는 학문이라고 하였다. 당시에 불안한 사회 속에서 광범위하게 퍼져 있는 도참설, 풍수설, 역술 법 등으로 불안한 앞날을 예견하거나 길흉을 점치는 백성을 현혹하는 혹술이라는 것이다.

다산은 공자 같은 성인도 앞일을 내다보지 못했다는 구체적인 사실을 바탕으로 학문이 아니라 미신이라고 주장하였다. 백성들 속에 널리 퍼져 통용되는 미신 같은 술수학에 대하여 철저히 비판하고 타파하려고 하였다. 풍수지리설 역시 도덕적으로 정당성이 없고 과학적으로도 근거가 없는 거짓된 속임수라고 비판하였다.

이처럼 다산은 조선 사회에 팽배한 학문 즉 오학에 대하여 조목조목 비판하면서 민생에 전혀 도움이 안 되고 오히려 민폐를 끼치고 있다고 비판하였다. 다산의 사상과 정신은 근본적으로 실학을 중시한 학문이다. 시대를 막론하고 변화와 개혁엔 냉철한 비판과 더불어 그에 따른 고통도 감내해야 한다. 변화와 개혁의 쟁기질을 통한 새로운 세상에 대한 설렘과 두려움을 극복할 수 있는 정신적 근육이 절실하다.

# 4

# 동서고금 책으로 소통

200년 전 그대는 한 왕조의 치욕으로 태어나 조선의 자랑으로 살아 있습니다.

가슴속 핏속에 살아 흐리고 있습니다. 귀양살이 18년 혹한 속에서도 그대는 만권의 책 담으로 쌓아 놓고 고금동서를 두루두루 살피셨습니다. 그 위에 다시 압권을 올려 한 시대의 거봉으로 우뚝 솟아 있습니다. 나라 걱정 백성 사랑 꿈엔들 한시라도 잊으신 적 있었으리오 마는 때로는 탁한 세상 하 답답하여 탐진강 강물 붓대를 휘저었습니다. 애절양이여 애절양이여 애절양이여, 그러나 어떤가요.

그 후 200년 지금은 여전히 농민은 토지로 밭을 삼아 땅 쏟아 일구고 여전히 벼슬아치는 백성을 밭으로 삼아 등짝을 벗겨먹고 있으니…… 아, 다산이여 다산이여 그대 어둔 밤 조국의 별로 빛나지 않는다면 내 심사 이 밤에 얼마나 황량하리요. 어느 세월 밝은 세상 있어 그대 전론을 펴고 주린 백성 토지 위에 살찌게 하리요.

- 김남주 〈전론田論을 읽으며〉

김남주 시인의 다산에 대한 시이다. 나라 걱정 백성 사랑 한시라도 잊은 적 없이 유배 18년 600여 권의 책을 통하여 백성과 소통하며 때로는 탁한 세상 답답하여 탐진강 강물에 붓대를 휘저으며 민생 현장에서 애절양이여 애절양이여 애절양이여 라며 백성들의 원통함을 시로 소통했다.

애절양은 토지로 밭을 삼아 땅 쏟아 일구어 먹는 백성에게 세금을 과중하게 부과하자 미처 세금을 내지 못하여 아전들이 외양간 소를 끌어가자 집안에 가장이 양지를 잘라서 피 흘리는 것을 들고 관아에 가서 호소하는 광경을 보고 다산이 지은 시이다. 처참한 민생의 현장을 고발하는 시로 벼슬아치들이 백성을 밭으로 삼아 등짝을 벗겨 먹고 있는 당시의 상황을 그린 것이다.

다산은 18년 시련과 고난의 유배 생활 속에서 백성과 나라에 대한 분노를 자연과 소통하며 저술을 통하여 위대한 학문으로 승화시켰다. 저술 활동과 자연과의 다산의 소통은 늘 백성들의 아픔과 고통을 함께 했다. 자신이 없더라도 언젠가는 볼 거라는 희망으로 묵묵히 자신의 길을 가면서 민생현장을 보고, 느끼고 분한 것들은 글로 소통하였다. 자연과 벗이 되어 소통하고 주고받는 대화 속에서 사회 현실에 대한 분노와 백성들의 피폐한 삶의 현장을 시와 글로 소통하며 대변하였다. 특히 18년 유배지 강진 민생현장에서 백성들과 소통하며 지은 시 속에는 그 당시의 상황이 얼마나 처절했는지 그리고, 다산이 얼마나 백성들을 위한 애정이 가득했는지를 그가 쓴 글에서 확인할 수 있다.

5월 이후로는 하늘에 구름 한 점 없고 40여 일 동안 밤마다 건조한 바람이 불고 이슬조차 내리지 않아 벼는 말할 것도 없고, 기장, 목화, 깨, 콩 따위와 채소, 외, 마늘, 과일에서부터 명아주, 비름, 쑥까지 타서 죽지 않은 것이 없습니다.

대나무에는 대순이 나지 않고 소나무에는 솔방울이 달리지 않아, 흙에서 나서 사람의 입으로 들어갈 수 있는 모든 것과 우리 백성의 일용에 필요한 모든 것들이 하나도 성장하는 것이 없습니다. (중략) 이 몸은 풍비(風痺)가 점점 심해지고 온갖 병이 생겨 언제 죽을지 모르겠으니, 기쁜 마음으로 장강(牂江)에 뼈를 던지겠으나, 마음속에 서려 있는 우국(憂國)의 충성을 발산할 길이 없어 점점 응어리가 되어가므로 술에 취한 김에 붓 가는 대로 이와 같이 심중을 털어 놓았으니, 밝게 살피시고 나의 광우(狂愚 사리에 어두움)를 용서하시기 바랍니다.

― 다산시문집 제19권 / 서(書) / 김공후에게 보냄

두 달 가까이 비 한 방울 내리지 않아서 모든 알곡이 따버려서

쓸모가 없다는 것이다. 농사가 전부였던 시대로 한해 농사가 망하게 되면 몇 년을 고생해야 하는 상황이다. 심지어 대나무 대순은 물론 소나무 솔방울까지 메말라서 달리지 않는다는 현장의 상황을 그대로 적고 있다. 흙에서 날 만한 것들이 하나도 자라지 못해서 사람의 입으로 들어갈 수 있는 모든 것이 하나도 자라는 것이 없다는 것을 시로 적고 있다.

다산의 마음과 몸은 몹시 지쳐있었다. 이 몸은 중풍이 점점 심해지고 온갖 병이 생겨 언제 죽을지 모르겠으나 나라 걱정으로 충성을 발산할 길이 없어 점점 응어리가 되어간다며 술에 취한 김에 조정에서 함께 있었던 김이재에게 강진 민생현장을 털어놓았으며 잘 살펴 주라는 간곡한 편지이다. 6월 초순부터는 떠돌아다니는 사람들이 사방으로 흩어져 울부짖는 소리가 곳곳에서 들리고, 길가에 버려진 어린 아이가 수없이 많으니 마음이 아프고 눈이 참담하여 차마 듣고 볼 수가 없다며 피를 토하는 심정으로 조정에 백성들의 삶의 현장을 보고하였다.

다산은 백성의 신문고였다. 당시엔 언론이 존재하지 않은 상황에서 백성들과 소통하는 채널이 없었기에 그의 비판 정신이 바로 신문고 역할을 한 것이다. 다산은 오늘날 언론인과 같은 역할을 하는 언관의 임무에 대해서도 "언관의 자리에 있을 때는 모름지기 날마다 사리에 맞는 말(格言)과 직언(讜論)을 펴야 하며 위로는 임금의 잘못도 책하고 아래로는 백성의 숨겨진 고통을 전해야 한

다산 정약용(1762-1836)
(출처: 한국민족문화대백과사전)

다"고 하였다. 언관이야말로 모름지기 지극히 공정한 마음으로 소통하며 백성들의 고통을 처리해야 한다고 강조하였다. 이것은 오늘날 우리 언론의 공정성은 물론 백성들의 소통의 매체로써의 역할도 일깨워주는 귀중한 가르침이다. 유배 중에도 동서고금의 책을 통하여 두루 소통하며 백성이 백성답게 살 수 있는 길을 밝힌 다산의 등불이 변화와 개혁을 통한 공정한 세상의 횃불이 되길 기대한다.

# 5

## 폭도범 "이계심"과 소통

　1797년 다산이 36살 때 다산은 당파싸움에 밀려 임금의 특명으로 황해도 곡산 부사로 명을 받았다. 정조는 떠나는 다산에게 너무 서운해하지 말고 갔다가 열심히 하고 있으면 이른 시일 내에 부를 것이니 너무 슬퍼하지 말라는 당부까지 하였다. 그만큼 정조는 다산을 신임하고 있었다. "이계심 사건"은 바로 다산이 부임길에 일어난 일이다. 이 사건은 조정에서 이미 하직 인사 때 잘 처리하라는 당부를 들었던 것으로 아니나 다를까 곡산 땅에 들어서자 이계심이라는 자가 갑자기 나타나 고을의 부조리를 호소하였다. 이를 본 아전들이 그자를 체포하려고 하였다. 그러자 다산은 그냥 관아로 가서 정식 심문을 하도록 하였다.

　이 사건의 경위는 전임 곡산 부사가 농간을 부려 부정부패를 일삼는대서 촉발하였다. 이계심과 마을 사람들이 과세에 대한 부당함을 호소하기 위하여 관아로 다려갔었다. 하지만 관아에서는 이를 무시하고 포졸들이 몽둥이질하여 모두가 도망을 가게 된 것이다. 그러자 관가에서 이계심이라는 자를 주동자로 몰아서 체포령을 내린 것이다. 다산이 이계심을 심문하면서 하나하나 확인해 보니 전부가 부당한 일로 이계심의 말이 옳았다. 이 사건에 관한 이야기를 다산의 자찬묘지명에서 한번 살펴보면 다산이 얼마나 소통의 달인인가 알 수 있다.

곡산 백성에 이계심(李啓心)이란 자가 있었는데, 본성이 백성의 폐단을 말하기를 좋아하였다. 전관(前官) 때에 면포 1필을 돈 9백 전(錢)으로 대납토록 하였다. 그러자 이계심이 고을 사람들 일천여 명을 거느리고 관부(官府)에 들어가서 다투었다. 관에서 그를 형벌로 다스리려 하니, 1천여 인이 벌떼처럼 이계심을 옹위하고 계단을 밟고 올라가며 떠드는 소리가 하늘을 진동하였다. 아전들이 몽둥이를 휘두르며 백성을 내쫓으니 이계심은 달아나버렸다. 그리고 수사하였으나 그를 잡지 못하였다. (중략) 이윽고 석방하면서 말하였다. "관이 밝지 못하게 되는 까닭은 백성이 자신을 위한 계책을 잘하여 폐단을 들어 관에 대들지 않기 때문이다. 너 같은 사람은 관에서 천금(千金)으로 사들여야 할 것이다."

- 자찬묘지명 집중 본

다산은 부임하자마자 고통받는 백성의 호소를 소홀히 하지 않고 귀를 기울여 공정하고 신속하게 해결하였다. 곡산 마을이 어떻게 되었겠는가? 소문이 온 마을에 퍼졌을 것이다. 앞으로 이런 수령의 말이라면 팥으로 메주를 쑨다고 해도 믿을 정도가 되지 않겠는가. 전국에 폭도범으로 수배된 범인을 무죄 추정의 원칙에 근거하여 공식 재판을 열어 백성의 고통을 듣고 사건에 대한 공정한 재판을 내린 다산이야말로 소통의 달인이라고 해도 과언이 아니다. 백성들의 어려움은 아랑곳하지 않고 시위대로 몰아 죄를 덮어 씌워 감옥에 처넣었을 사건을 공익 신고자로 발탁하여 무죄 석방한 다산의 소통은 소통을 넘어 애민의 정신이었다.

이처럼 다산은 벼슬살이하면서 지시와 명령보다는 합리적인 의사결정을 통하여 백성의 입장에서 신뢰로 백성들과 소통하였다. 그뿐만 아니라 다산은 세대와 계층을 뛰어넘어 소통하였다. 강진 유배 시절 제자들을 가르치며 어린아이들과 소통하며 교학 상장하였다. 그중에 다산의 제자 1호인 황상과의 소통은 지금도 그의 글 속에서 확인할 수 있다. 양반집 자식부터 농민의 자식들까지 연령대도 10대에서 30대까지 다양하였다. 이런 제자들과 소통하면서 다산학이라는 위대한 학문적 위업을 달성하였다.

또한, 다산은 유, 불의 경계를 뛰어넘어 유배 시절 백련사 혜장 스님, 초의선사 등 스님과 소통하면서 수많은 시와 글은 물론 학문적 교류하기도 하였다. 특히, 혜장과 주역의 역리를 논하였으며, 초의선사와는 다담을 나누며 소통하였다. 또 다산은 천주교를 접하면서 천주교와 서학자들과의 교유를 통하여 새로운 세상에 눈을 돌리게 되었다. 그것은 다산의 삶에 있어서 종교와 사상을 뛰어넘는 소통이었다. 그뿐만 아니라 지독히도 심했던 당파싸움 속에서도 다산은 당색마저 초월해서 소통하였다. 비록 당파싸움의 희생양으로 18년간 유배를 당했지만, 다산은 거기에 연연치 않고 학문 활동이나 교유에 있어서 당파를 초월하여 소통하였다.

다산의 초당적 소통은 강진에서 해배되어 고향으로 돌아와 〈서경〉을 비롯한 경전 주석서를 마무리하면서 자신과 정치적 입장을 달리한 홍석주, 김매순, 김기서 등에게 보여주며 서로 의견을 나누었던 글 속에서 확인할 수 있다. 당시 다산은 남인이고, 홍석주, 김매순 등은 노론이었다. 이처럼 다산은 당파를 초월하여 나라다운 나라, 백성이 주인 되는 세상을 구상하였다. 다산의 소통에 대해 한말의 시인 황현은 〈매천야록〉에서 다음과 같이 평하고 있다.

"사대부는 당파가 나눠진 이후로는 비록 통재(通才), 대유(大儒)라 일컬어지더라도 대부분 문호(門戶)에 얽매이고 집착하여 논변이 편파적이기 마련이었다. 그러나 다산(茶山)은 마음을 평탄하고 넓게 쓰는 데 중점을 두어 오직 옳은 것을 좇아 배우기에 힘쓸 뿐 선배에 대해서 전혀 주관적 감정을 드러내지 않았다. 이런 이유로 남인들에게 경시당했다."

- 매천야록

시인 황현은 서로 다른 진영 논리로 갈라질 대로 갈라져 원수가 따로 없던 조선시대 다산의 소통에 대하여 이야기하고 있다. 세상은 전혀 경험하지 못한 새로운 가상세계인 메타버스 세계가 닥아오고 있다. 불확실한 미래의 메타 버스를 타고 갈 우리의 소통능력은 어디까지일까 생각케 한다.

## √ 다산심부름꾼의 묻고 답하기

인간은 다양한 기술들의 융합을 통해 현실과 가상, 가상과 가상을 연결하여 소통하며 현실세계의 일과 생활의 일부를 가상세계에서 이루어가고 있다.

1. 나에게 소통은 어떤 의미인가?

2. 나는 다양한 사람들과 어떤 방법으로 소통하고 있는가?

3. 비대면 시대, 효과적인 소통 방법은 어떤 방법이 있는가?

## PART 4

# 인생의 큰 비즈니스

# 청렴

茶
山

茶山

"세살 버릇 여든까지 간다"라는
속담이 있다.
청렴은 지금까지도
공직 사회의 기본이다.

# 공정과 청렴의 초심

다산은 1789년(28세) 정월 27일 임금님이 직접 참관한 과거시험에서 갑과(甲科) 2등으로 급제하였다. 일등인 장원은 결격사유로 급제가 취소되었으니 실제로 다산이 장원급제한 셈이다. 기다리고 기다리던 인재가 돌아왔으니 정조로써는 백만 대군을 얻는 기분이었다. 백 년 만에 처음으로 한 사람의 재상이 태어난 날이라고 흐뭇하면서 자상하게 여러 가지로 격려를 아끼지 않았다고 한다. 6년 동안 기다리고 기다린 과거시험 합격이었다. 다산은 이런 즐거움과 기쁨을 시(詩)에 담았다. 그리고 공직자로서 마음의 다짐을 한다. 오늘의 현실에서 찾아보기 힘든 공직자의 표상이라고 할수 있다.

임금님 앞에서 여러 번 응시했으나        / 屢應臨軒試

마침내 포의(布衣)벗는 영광 얻었네        / 終紆釋褐榮

| 하늘의 조화(造化)란 깊기도 해서 | / 上天深造化 |
|---|---|
| 하찮은 사람 후하게 키워주셨네 | / 微物厚生成 |
| 둔하고 졸렬해 임무수행 어렵겠지만 | / 鈍拙難充使 |
| 공정과 청렴으로 지성껏 봉사하리 | / 公廉願效誠 |
| 임금님의 격려말씀 많기도 해서 | / 玉音多激勵 |
| 그런대로 나이든 아버님 위로되셨네 | / 頗慰老親情 |

- 정월27일 문과에 급제하고 (正月卄七日賜第 熙政堂上謁 退而有作)

여러 번 과거에 응시한 결과 이제야 유생을 벗어났으니 이것은 하늘의 도움으로 자신 같은 부족한 사람 급제할 수 있었다며 하늘에 감사하고 있다. 그러면서 둔하고 졸렬한 사람으로 국가에 봉사할 능력이 없다고 겸손해하면서, 공정과 청렴(公廉)을 기본으로 삼아 정성을 다해 나라에 봉직하겠다고 다짐을 한다. 다산은 이후 10년 정도 공직생활을 통해서 자신의 초심을 잃지 않고 맡았던 모든 직책에서 늘 공정과 청렴을 기본으로 삼았다.

특히, 다산의 청렴 정신은 그가 사헌부 지평(정5품)으로 일 할 때의 몇몇 일화로 잘 알 수 있다. 훈련원에서 시행되는 무과시험을 감찰하는 과정에서 아전들의 농간으로 무예가 뛰어난 지방의 무예사들이 시험에서 떨어지는 것을 보고 이를 비판하여 개선토록 함으로써 이들이 많이 합격할 수 있도록 하였다. 또, 1794년 33살에 경기도 암행어사 시절 수령들의 비위를 낱낱이 고발한 사

'무릇 공평하지 못한 세금은 징수 해서는 안되고'

건이다. 흉년이 들어 민심이 흉흉 하자 정조는 전국에 암행어사를 보내 민생현장을 살피고 돌아오도록 하였다. 정양용은 경기도 북부의 적성(현 파주 적성), 마전, 연천, 삭령을 감찰하게 되었다. 벼슬길에 들어서면서 다짐했던 공렴의 정신으로 현장을 보는 다산은 자신의 눈을 의심할 정도로 피폐한 농촌의 모습이 눈 앞에 펼쳐지고 있었다. 처음으로 민생현장을 접하면서 다산은 어떻게 해야 할 것인가를 다시 한번 확인하는 소중한 기회가 되었다. 나라와 백성은 피폐하고 굶주리며 죽어가고 있는데 조정에서 고관들은 희희낙락거리며 백성의 피를 빨고 있다는 생각에 너무나 분노한 마음을 그림으로 그리듯 안타까운 심정으로 시로 읊었다.

그리고 황해도 곡산 도호부사 시절에는 목민관으로서 다산의 리더십을 맘껏 발휘한 시절로 나라와 백성을 위해서 과연 무엇을 어떻게 해야 할 것인가 자신의 역량을 직접 체험한 민생의 현장이었다. 그곳에서 다산은 백성들을 위한 제도와 관습을 개혁하였으며, 목민관들의 부정부패를 원천적으로 봉쇄하기 위하여 호구조사와 동네지도를 활용하여 철저하게 현장 중심의 민생을 챙겨나갔다. 이것은 훗날 다산이 목민심서를 저술하는 바탕이 되었다고 하였다. 이처럼 다산은 벼슬살이 시작 때 다짐했던 공정과 청렴을 초지일관 민생의 현장은 물론 백성과 나라를 위한 목민관들의 기본으로 삼았다.

공직자들과 사회지도층이 청렴하지 않으면, 나라는 반드시 썩고, 나라가 썩으면 반드시 망한다. 불법으로 정보를 얻어 땅 투기에 온갖 재주를 부리다 보니 평등이 무너져 불평등하고 불공정한 세상이 되면서 민심은 천심으로 정치를 불신하기에 이른다.

"공렴이란 공직자들의 본질적인 임무다. 만 가지 착함의 근원이고 모든 덕의 뿌리이다(廉者 牧之本務 萬善之源 諸德之根)"라는 다산 선생의 이야기는 200여 년이 지난 지금도 유효하다.

# 2

# 청렴은 수령의 본무

목민관들의 청렴 정신은 다산이 저술한 〈목민심서〉를 보면 알수 있다. 지금 적용해도 무리가 없을 만큼 세밀하게 각종 사례를들어 자세히 저술하여 목민관들이 본으로 삼도록 하였다. 목민심서는 지방 관료들과 아전들의 복무지침서로써 백성들의 절박한현실의 고통을 현장에서 보고 느낀 것을 경험으로 저술한 책이다. 기존법의 테두리 내에서 개혁이 가능한 것을 중심으로 저술하여조선 현실에 밀착할 수 있는 개혁을 하도록 하였다. 그리고 기존의 목민서에 대한 재해석을 통하여 다산의 다양한 관료 생활에서경험한 것들과 그의 풍부한 지식을 반영하여 저술한 목민관들의복무지침서이다.

다산의 목민심서는 총 12편으로 각 편에 6조씩 나뉘고, 또 각조에 강목(綱目)의 체재를 이루었는데 강(綱)에서는 자신의 의견으로 대강만 제시하고, 목(目)에서는 우리나라와 중국의 경전(經典),

**牧民心書(1818)** 목민관 복무 매뉴얼

| | |
|---|---|
| 제1편 | 부임 |
| 제2편 | 율기 |
| 제3편 | 봉공 |
| 제4편 | 예민 |
| 제5편 | 이전 |
| 제6편 | 호전 |
| 제7편 | 예전 |
| 제8편 | 병전 |
| 제9편 | 형전 |
| 제10편 | 공전 |
| 제11편 | 진황 |
| 제12편 | 해관 |

- 지방 관료들과 아전들의 복무지침서
- 백성들의 절박한 현실의 고통을 반영
- 기존 법의 테두리 내에서 개혁 가능
- 조선 현실에 밀착할 수 있는 개혁 구상
- 기존의 목민서에 대한 재해석
- 다산의 경험과 지식 반영

사서(史書), 법전(法典), 문집(文集) 등에서 구체적인 사례를 들고, 비판을 가하고 결론을 짓고 때에 따라서는 처리 방법까지 제시하고 있다. 그만큼 다산은 목민심서에 대하여 세밀하게 목민관들이 백성을 위하여 무엇을 어떻게 해야 할 것인가를 현장에서의 경험과 유배지에서 보고 느낀 것들을 반영하여 저술하였다.

특히, 다산은 목민심서 제2편 율기(律己) 청심(淸心)에서 청렴에 대하여 보다 구체적으로 적시하고 있다.

수령의 생일에는 아전과 군교(軍校) 등 제청(諸廳)이 혹 성찬(盛饌)을 올리더라도 받아서는 안 된다. 무릇 받지 않고 내어놓는 것이 있더라도 공공연히 말하지 말고 자랑하는 기색을 나타내지도 말고 남에게 이야기하지도 말며, 전임자(前任者)의 허물도 말하지 말라. 청렴한 자는 은혜롭게 용서하는 일이 적으니 사람들은 이를 병통으로 여긴다. 자기는 잘하려고 애쓰고 남을 책(責)하는 일이 적은 것이 좋다. 청탁이 행해지지 않으면 청렴하다 할 수 있다. "청렴하다는 명성이 사방에 퍼져서 좋은 소문이 날로 드러나면 또한 인생의 지극한 영화이다"라고 하였다.

그뿐만 아니라 친구의 아들이 벼슬살이 갈 때 써준 편지에서 청렴에 대하여 다음과 같이 당부를 하고 있다.

재물의 청렴, 여색의 청렴, 직위에 청렴하면
문제가 생길 곳이 없다. 청렴으로 밝아지고
청렴으로 위엄을 세우며 청렴으로 강직하면
백성이 존경하고 상관이 무겁게 여기며 사물이
실상을 감이 감추지 못한다 하지 못 할 일이 없고
되지 않는 일이 없다

- 시문집 17권/증언 영암군수 이종영에게 주는 말

이처럼 다산은 목민관에게 청렴은 기본 중의 기본임을 강조하고 있다. 그러면서 모든 선(善)의 근원이요 모든 덕(德)의 뿌리이니,

맑은 선비의 돌아갈 때의 행장은
모든 것을 벗어던진 듯 조촐하여
낡은 수레와 야윈 말인데도 그
산뜻한 바람이 사람들에게
스며든다

청렴하지 못하면 목민관으로서 자격이 없다고 단언하고 있다. 그만큼 청렴은 200여 년 전이나 지금이나 목민관 즉, 공직자들에게는 무엇보다 소중한 가치이다. 그래서 국가 차원에서 부정부패 방지를 위한 법은 물론 청렴 연수원까지 설립하여 공직자는 물론 관련자들에게 청렴 의식을 교육하고 있다. 청렴은 비단 우리나라만이 아니라 세계적으로도 관심을 두고 매년 국가별 청렴도를 측정하여 발표하고 있다. 2020년도 우리나라의 청렴도와 국가 순위를 보면 그 정도를 확인할 수 있다.

독일 베를린에 본부를 둔 세계적인 반부패운동 단체인 국제투명성기구(Transparency International, TI)는 매년 국가별 부패인식지수(Corruption Perceptions Index, CPI)를 발표한다. 2020년도 우리나라 부패인식지수(CPI)는 국가 청렴도 100점 만점에 61점으로 180

개국 중 33위로 나타났다. 전년도 51위에서 33위로 18단계로 큰 폭 상승하였다. 세계적으로는 덴마크와 뉴질랜드가 88점으로 1위를 차지하였고, 핀란드, 싱가포르, 스웨덴, 스위스가 85점으로 공동 3위를 차지하였다. 아시아에서는 싱가포르(85점, 공동 4위)에 이어 홍콩(77점, 공동 11위), 일본(74점, 공동 19위)이 지속해서 좋은 평가를 받았다.

이처럼 청렴은 세계적인 국가별 위상은 물론 신뢰도까지 측정의 지표가 되고 있다. 이런 점에서 200여 년 전 다산이 관료 생활을 통해서 체험한 것과 유배 현장에서 보고 느낀 것을 통합하여 저술한 실천적 공직자 복무 안내서인 목민심서가 새로운 변화와 혁신의 시대 공직자는 물론 사회지도자들의 청렴의 마음의 밭을 일구는 쟁기가 되길 기대한다.

# 3

## 목민관의 기본은
## 청심과 현찰

다산은 〈목민심서〉 제2편인 율기(律己)에서 자신을 가다듬는 일에 대하여 상세히 밝히고 있다. 수신제가 치국평천하(修身齊家 治國平天下)가 일체 자기의 행동을 바르게 하는 수신(修身)이 근본이라는 이야기이다. 즉, 수령 자신의 몸가짐에서부터 은혜를 베푸는 일까지 칙궁(飭躬), 청심(淸心), 제가(齊家), 병객(屛客), 절용(節用), 낙시(樂施) 6개 조로 나누어져 있다. 청심(淸心)이란 청렴한 마음가짐으로 수령의 기본임무임을 전제하고, 청렴하지 않은 것은 지혜가 부족한 사람이라 논한 다음, 뇌물을 주고받는 일, 청탁을 받고 사정을 쓰는 일 등의 폐단과 청렴하되 너무 각박한 것도 아울러 지적하고 있다. 그리고 재물을 유효하게 쓰는 일, 관아에 소용되는 물자를 구입하는 요령, 관례로 내려오는 예전(例錢)을 사용하는 일, 공치사나 자기 자랑하는 일에 관해 상세한 사례를 들어 놓았다. 이러한 다산의 청심에 관한 이야기는 다산이 암행어사와 황해도 곡산 부사 시절의 경험한 것을 바탕으로 더욱 체험적이고 실천적인 내용을 함께 엮어 놓았기 때문에 지금 우리 사회 청렴의 근본으로 공직자들에게 다산의 청렴 정신에 대한 교육을 하고 있는 것이다.

찰물(察物)은 관내에서 일어나는 일은 빠짐없이 알아야 한다는 것을 강조하면서, 향교에 확인할 질문서를 내려서 백성의 질병과 어려움을 묻는 방법과 측근자를 몰래 보내서 민간의 일을 살피는 것을 말한다. 즉, 현찰로 현장시찰을 말한다. 동시에 미행과 투서함으로 민정을 살피는 데 따르는 온갖 부작용을 지적하고 있다. 다산은 수령은 외로이 있으니 자신이 앉은 자리 밖은 모두 속이는 자들 뿐이다. 눈을 사방에 밝히고 귀를 사방에 통하게 하는 일은 제왕만이 해야 하는 일이 아니라며 목민관들의 게으름을 비판하였다. 하지만 살피는 일에서도 투서함은 백성을 불안하게 하는 것이니, 절대로 시행해서는 안 되고. 유도신문으로 탐문하는 방법도 속임수에 가까우니 군자가 할 일이 아니라고 하였다. 그러면서 사철마다 첫 달 초하룻날에는 향교에 서신을 내려서 백성의 어려움을 묻고 그들에게 각자 의견을 진술하게 하였다. 다산의 사례집을 보면 어떻게 민생을 살폈는지를 그 방법을 적고 있다. 다산은 자제와 친한 빈객 중에 마음가짐이 단정 결백하고 아울러 실무에도 능한 자가 있거든 그를 시켜 민간의 일을 몰래 살피게 하는 것이 좋다면서 일가친척이나 선비 또는 옛날의 아전 중에서 결백하며 정직한 사람에게 서울에 있을 때 이 사람에게 미리 약속하기를 자신이 부임해서 2달 정도 되면 내가 편지할 것이니, 그대는 내려와서 몰래 민간에 다니며 조목조목 염탐하도록 하라며 관청출입증을 미리 주었다고 하였다. 다산은 주변 사람을 통해서 스스로 질문서를 만들어 자신의 관료 생활을 점검토록 한 것이다. 지금 활용해도 전혀 손색이 없을 정도로 다산은 자신이 경험한 것을 바탕으로 목민관으로서 백성들의 어려움과 민생현장에서의 문제점이 무엇인가를 이미 알고 있었기에 이런 질문을 통해서 자신을 감찰하도록 하였다.

나의 명령은 과연 그대로 따르고 있는가?

어떤 사람들 가운데 혹 억울하다고 하는 자는 있는가?

거둬들인 곡식에서 혹 훔쳐서 감추는(外執) 일이 있는가?

창고에 넣고 난 뒤에 혹 돌이나 쭉정이를 섞는(分石) 일이 있는가?

어떤 사람들 가운데 돈을 내어 자연재해를 입은 논밭(災結)을 사는 자가 있는가?

어떤 전지(田地)는 재해를 입었는데도 재감(災減) 대상에서 제외되는 경우가 있는가?

어느 마을 어느 집에서는 송아지 잡고 돼지 잡아 서원에게 향응을 베푸는 일이 있는가?

어느 마을 어느 누구는 불효 불공하다는데 그것이 사실인가?

아니면 향로(鄕老)가 무고를 했는가?

- 출처 : 목민심서 이전(吏典) 6조 / 제5조 찰물(察物)

　다산은 일찍이 경기 암행어사로 나가 지방행정의 부패 문란과 기아에 허덕이는 백성의 고통을 직접 보았으며, 곡산 부사 때 수령으로서 직접 체험도 해 보았으며, 유배지에서 또한 수령과 서리의 협잡, 민간의 고통을 직접 듣고 보았다. 그리고 소년 시절부터 그의 아버지 정재원(丁載遠)이 여러 지방의 수령을 역임할 때 직접 백성 다스리는 법과 수령으로서의 몸가짐을 보고 배웠다. 다산은 이런 경험과 지식을 바탕으로 삼아 〈목민심서〉를 저술하였다. 그런 만큼 여기서 청심하고 찰물하라는 말은 그의 경륜으로 아무리 강조해도 과언이 아니다. 맑고 청렴한 마음으로 눈은 사방으로 밝히고 귀는 사방으로 기울여 물증을 살펴 고통받는 백성들의 목소

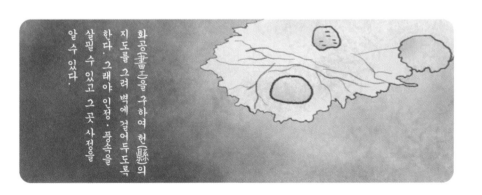

화공(畵工)을 구하여 현(縣)의 지도를 그려 벽에 걸어두도록 한다. 그래야 인정·풍속을 살필 수 있고 그곳 사정을 알 수 있다.

리를 새겨들어 세상에 필요한 일을 해야 한다고 속삭이는 다산의 목소리가 오늘따라 더욱더 선명하게 들려온다.

인간의 무한한 욕망은 물질 만능의 시대 더욱더 인간을 피폐하게 만들고 있다. 이것은 예나 지금이나 동서고금을 통해서도 우리가 보고 배우고 또 현실에서 경험하고 있는 일들이다. 어려울수록 청결한 마음과 현장에서의 상황에 대한 올바른 인식이 그 어느 때보다 절실함을 다산의 청심과 찰물에서 깨우친다.

특히, 다산은 자신의 관료 생활에 대한 사전 예방적 감찰을 위하여 친구로 하여금 사후에 자신을 감찰도록 질문서를 만들어 놓았다. 초심을 잃지 않고 기본에 충실하겠다는 다산의 의지가 돋보인다. 불확실한 시대를 우리들에게 뭐가 소중한가를 다시한번 되새기게 한다.

## 4 청렴은 인생의 큰 장사

　정약용이 유배지에서 고향에 돌아와 보니, 집안은 그동안 극도의 빈곤에 빠져 양식마저 떨어지고 아내는 추위에 굶주리고 있었다. 유배에서 풀려나 돌아왔지만 그로서도 갑자기 생활대책을 마련할 길이 없는 막막한 처지였다. 두 형수는 "그가 온다, 그가 온다 하더니, 오고 나도 달라진 게 없네"라고 푸념을 하여, 정약용이 고향에 돌아온 다음에도 생활대책을 못 세우고 있는 것을 원망하였다고 한다. 이때 정약용은 밤늦도록 잠을 못 이루며 근심에 젖은 심정을 시로 읊고 있다.

　워낙 청렴하였기에 쌓아둔 것이 없어 당장 집안을 위해서 경제적으로 도움을 줄 수가 없었다. 식생활을 하기조차 힘들 정도로 청빈한 삶이었기에 수완을 부릴 수도 없었다. 오직 다산이 할 일이라고는 책을 보고 글을 쓰는 일뿐이었다. 당장 먹고사는 현실이 끝없는 걱정이라고 토로하면서 어떻게 하여 일평생을 마칠 건가를 고민하는 다산의 모습이 너무나 안타깝다.

| | |
|---|---|
| 강마을 어둑어둑 저물어 가니 | / 黯黯江村暮 |
| 성긴 울에 개 짖는 소리 띠어라 | / 疏籬帶犬聲 |
| 물결 이니 별빛이 고요하지 않고 | / 水寒星不靜 |
| 산이 머니 눈빛은 오히려 밝아라 | / 山遠雪猶明 |
| 식생활 영위함엔 좋은 계책이 없고 | / 謀食無長策 |
| 책을 가까이함엔 짧은 등잔이 있다오 | / 親書有短檠 |
| 깊은 근심 끝없이 떠나지 않으니 | / 幽憂耿未已 |
| 어떻게 하여 일평생을 마칠거나 | / 何以了平生 |

- 다산시문집 제7권 / 시(詩) - 귀전시초(歸田詩草) / 밤[夜]

속담에 "가난이 대문으로 들어오면 사랑이 창문으로 나간다"
는 말이 있다. 가정에서 돈이 없어지면 화목도 담장 너머까지 들
리던 웃음꽃도 늘 솟아나던 사랑의 샘도 어느새 사라지고 울음,
싸움, 고통의 집안으로 바뀌게 될 수 있다는 이야기다.

한 번만 부탁하고 한 번만 고개 숙이며 나아간다면 어찌 끼니
걱정이야 할 것인가. 지금 생각해도 유배 18년의 고난 속에서 다
산이 겪은 시련과 고통을 생각하면 어떤 일이든 하고도 남을 것
같은 생각이다. 하지만 다산은 75세로 생을 마감할 때까지 자신의
초심을 잃지 않고 당시 학자들과 학문적 교류를 나누며 여생을

보냈다.

　다산은 목민심서 율기(律己)편 청심(淸心)에서 "청렴은 천하의 큰 장사이다. 그러므로 크게 탐하는 자는 반드시 청렴하려 한다. 사람이 청렴하지 않은 것은 그 지혜가 부족하기 때문이다"라고 하였다. 그것은 지혜가 원대하고 생각이 깊은 자는 그 욕심이 크기 때문에 청렴한 목민관이 되고, 지혜가 짧고 생각이 얕은 자는 그 욕심이 적기 때문에 탐관오리가 되니, 진실로 생각이 여기에 이를 수 있다면 아마도 청렴하지 않을 자가 없다는 이야기다.

　다산은 이처럼 자신의 삶 속에서 과거에 급제했을 때, 그리고 자신이 저술한 목민심서를 바탕으로 파란만장한 삶 속에서도 자신의 초심을 잃지 않고 실천적 삶을 통해 목민관의 본이 되었다. 다산의 탁월한 선택은 언제나 나라와 백성을 위한 전제가 앞에

깔려있다. 다산은 200여 년 전 정직한 세상, 청렴한 세상, 백성이 주인 되는 세상에서 모든 가치가 먼 훗날이라도 알아주고 이해해 줄 것이라 기대하며 자신의 호를 기다린다는 의미의 사암(俟菴)이라고 했다. 이렇게 다산은 시대를 초월하여 닦아올 미래를 확신하며 청렴은 천하의 큰 장사라고 하였다.

청렴은 수령의 본무로, 모든 선(善)의 근원이요 모든 덕(德)의 뿌리이니, 청렴하지 않고서 수령 노릇 할 수 있는 자는 없다. 청렴은 천하의 큰 장사이다. 그러므로 크게 탐하는 자는 반드시 청렴하려 한다. 사람이 청렴하지 않은 것은 그 지혜가 부족하기 때문이다. 그러므로 예로부터 무릇 지혜가 깊은 선비는 청렴을 교훈으로 삼고, 탐욕을 경계하지 않은 사람이 없었다. 수령이 청렴하지 않으면 백성들은 그를 도적으로 지목하여 마을을 지날 때는 더럽히고 욕하는 소리가 드높을 것이니 또한 수치스러운 일이다. 뇌물을 주고받는 것을 누가 비밀히 하지 않으랴만 밤중에 한 일이 아침이면 드러난다. 선물로 보내온 물건은 비록 작은 것이라 하더라도 은정(恩情)이 맺어졌으니 이미 사정(私情)이 행해진 것이다. 청렴한 관리를 귀하게 여기는 까닭은 그가 지나는 곳은 산림(山林)과 천석(泉石)도 모두 맑은 빛을 입게 되기 때문이다.

- 목민심서 율기(律己) 6조 / 제2조 청심(淸心)

# 청렴과 공정의 갈망
## -고양이 노래(狸奴行)

다산은 고양이와 쥐 떼들을 비유한 이 시를 통해 나라의 주인인 백성들이 얼마나 고통을 당하고 있는지 그 실상을 적고 있다. 너무나 현실 비판적인 시로서 지금 읽어 보아도 어려움 없이 이해할 수 있다. 고양이 노래(이노행狸奴行)라는 이 시는 1810년에 다산이 전남 강진에 유배 중일 때 지은 시로 감사라는 목민관을 고양이로 비유하여 쓴 시이다.

| | |
|---|---|
| 남산골 늙은이 고양이를 기르는데 | 南山村翁養狸奴 |
| 해가 묵자 요사하기 늙은 여우 다 되어서 | 歲久妖兇學老狐 |
| 초당에 둬둔 고기 밤마다 훔쳐먹고 | 夜夜草堂盜宿肉 |
| 항아리 단지하며 술병까지 뒤진다네 | 翻瓨覆瓿連觴壺 |
| 어둠 타고 살금살금 못된 짓 다 하다가 | 乘時陰黑逞狡獪 |
| 문 박차고 소리치면 흔적도 없지마는 | 推戶大喝形影無 |

등불을 밝혀보면 더러운 자국 널려 있고 / 呼燈照見穢跡徧

이빨 자국 남겨놓은 찌꺼기만 낭자하네 / 汁滓狼藉齒入膚

잠 못 이룬 늙은이 맥이 다 빠져서 / 老夫失睡筋力短

백방으로 생각해도 나오는 것은 한숨이라 / 百慮皎皎徒長吁


그놈의 고양이가 저지른 죄 생각하면 / 念此狸奴罪惡極

당장에 칼을 뽑아 목을 치고 싶지마는 / 直欲奮劍行天誅

하늘이 너를 낼 때 목적이 뭐라더냐 / 皇天生汝本何用

쥐를 잡아 백성 피해 없애라고 한 것인데 / 令汝捕鼠除民痡

들쥐는 구멍 파서 벼 싹 물어다 쌓아두고 / 田鼠穴田蓄穉穧

집쥐는 이것저것 닥치는 대로 다 가져가 / 家鼠百物靡不偸

백성들이 쥐 등쌀에 갈수록 더 시달리고 / 民被鼠割日憔悴

기름 피 다 말라서 피골이 상접이라 / 膏焦血涸皮骨枯

그래서 너를 보내 쥐잡이 대장 삼고 / 是以遣汝爲鼠帥

마음대로 찢어 죽일 권력도 주었으며 / 賜汝權力恣磔刳


황금같이 반짝이는 두 눈도 네게 주어 / 賜汝一雙熒煌黃金眼

칠야삼경 올빼미처럼 벼룩도 잡을 만큼 했고 / 漆夜撮蚤如梟雛

보라매같이 예리한 발톱도 네게 주고 / 賜汝鐵爪如秋隼

호랑이처럼 톱날 같은 이빨도 네게 주고 / 賜汝鋸齒如於菟

네겐 또 펄펄 날고 내리치는 날쌘 용기까지 주어

/ 賜汝飛騰博擊驍勇氣

쥐가 너를 한번 보면 옴짝달싹 못하고 몸을 바치게 않았더냐

/ 鼠一見之淩兢俯伏恭獻軀

날마다 백 마리씩 쥐 잡은들 누가 말리랴 / 日殺百鼠誰禁止

보는 이들 네 생김 유별나다고 연거푸 칭찬만 할 텐데

/ 但得觀者嘖嘖稱汝毛骨殊

그래서 농사 끝난 제사 때도 네 공로 보답하려고

/ 所以八蜡之祭崇報汝

의관 차리고 큰 술잔에 술을 부어 제사 않더냐

/ 黃冠酌酒用大觚


그런데 너는 지금 쥐 한 마리 잡지 않고 / 汝今一鼠不曾捕

도리어 네 스스로 도둑질을 하다니 / 顧乃自犯爲穿窬

쥐는 원래 좀도둑이라 피해도 적지마는 / 鼠本小盜其害小

너는 지금 힘도 세고 세도 높고 마음까지 거칠어

/ 汝今力雄勢高心計麤

쥐들이 못하는 짓 맘대로 네 하리라 / 鼠所不能汝唯意

처마 타고 뚜껑 열고 맥질한 곳 흠집내고 / 攀檐撤蓋頹堅塗

그러니 쥐 떼들이 이제 뭐가 무섭겠니 / 自今群鼠無忌憚

구멍 밖에서 껄껄대고 수염을 흔들면서 / 出穴大笑掀其鬚

훔친 물건 모아다가 너에게 뇌물질하고 / 聚其盜物重賂汝

마음 놓고 행동을 너와 함께 할 것 아닌가 / 泰然與汝行相俱

네 꼭 닮은 호사자도 더러는 있다더라 / 好事往往亦貌汝

졸개들이 떼쥐처럼 감싸고 호위하고 / 群鼠擁護如騶徒

나팔 불고 북치고 온갖 풍악 다 잡히고 / 吹螺擊鼓爲法部

대장기 높이 들고 앞잡이가 되어 갈 때 / 樹纛立旗爲先驅

네 놈은 큰 가마 타고 교태를 부리면서 / 汝乘大轎色夭矯

떼쥐들 굽신대는 그거나 좋아하겠지 / 但喜群鼠爭奔趨

내 이제 동궁에 화살 메워 네놈 직접 쏴 죽이고

/ 我今彤弓大箭手射汝

차라리 사냥개 시켜 횡행하는 쥐 잡으리 / 若鼠橫行寧嗾盧

- 고양이 노래[貍奴行] - 다산시문집 제5권- 시(詩)

200여 년 전의 시라고 하지만 시대를 꿰뚫은 현실을 비판한 풍자 시이다. 진정으로 주인 되는 백성들 즉, 서민들을 우려먹는 고관대작들의 모습이 다산 선생께서 읊으신 고양이와 쥐새끼들과 다를 바 없다. 작금에 벌어지고 있는 대장동 사건이나 검찰 개혁에 대한 것들은 진정한 주인이 누구인가를 생각한다면 도저히 있을 수 없는 일들이다. 고양이와 쥐새끼들이 공모하여 돈 없는 서민들의 삶을 더욱더 힘들고 고통스럽게 한다는 점은 예나 지금이나 다를 바가 없다.

변화와 개혁, 기득권의 배려가 함께 어우러진 공정한 세상은 다산이 일생을 꿈꾸었던 세상이다. 이제라도 화살 메워 직접 쏴 죽이고 사냥개 시켜 횡행하는 쥐 잡으리라는 다산의 분노가 백성들의 삶을 밝히는 촛불이 되길 기대한다.

## √ 다산심부름꾼의 묻고 답하기

청백리라는 이야기를 들었을때 떠오르는 모습은 매우 검소하고 겸손하며 욕심이 없는 이미지가 떠오른다. 마치 하얀 옷과도 같다.

1. 내가 생각한 청렴은 무엇이라고 생각하는가?

2. 공직자와 정치지도자들의 청렴수준은 어느 정도라고 생각하는가?

3. 공직자와 사회지도층의 청렴교육에 대해서 어떻게 생각하는가?

## PART 5

# 공정의

# 새 운동장

茶
山

茶山

기회는 공정하고,
과정은 정의롭고,
결과는 평등한 일상이
평안한 삶이 기대되는 세상

# 1 ) 공정과 공평의 물결

1392년 이성계가 조선을 세워 500년의 역사를 이어왔다. "태정태세문단세, 예성연중인명선, 광인효현숙경영, 정순헌철고순"이라며 조선왕조 27대 왕의 첫 글자를 따서 외우던 기억이 새롭게 떠오른다. 그 가운데 다산은 조선의 22대 정조와 23대 순조 시대를 살았던 인물이다. 조선 건국으로부터 384년이 흐른 1776년 사도세자의 아들 정조가 왕위에 올랐다. 정조는 아버지 사도세자가 당파싸움 속에서 아버지로부터 벌을 받아 뒤주 속에서 죽게 되는 사건을 목격한 세자로 22대 조선의 왕이 된 것이다.

이 당시 조선은 당파의 분열로 그 뿌리가 깊어져 국론이 분열되고 모함과 살육으로 당파싸움이 권력투쟁으로 이어지면서 국가기강은 물론 사회 전반에 모순과 폐단이 누적되어 불안과 동요가 심했다. 이런 상황에서 정조의 아버지 사도세자도 죽임을 당하게 된 것이다.

국내적으로 조선은 누적된 사회적 모순이 극에 달하였다.

국제적으로는 임진왜란(1592-1598)을 기점으로 17세기 일본과 중국에서 변화와 개혁을 통하여 정권교체가 일어나고 있었다. 그리고 천주교를 통한 서양사상과 문물은 시한 폭탄과도 같이 조선의 민심을 뒤흔들고 있었다. 이로써 정조는 국내외적으로 이를 극복하기 위한 여러가지 대책의 모색이 절실한 상황이 전개되고 있었다. 이 시대적 상황에 위기 의식을 가지고 근본적으로 대응한 것이 바로 정조와 다산이었다. 다산은 정조의 총애를 바탕으로 새로운 선진문물의 도입을 통하여 조선의 피폐한 제도개혁과 체제개혁은 물론 과학적이고 실용적인 기술발전과 생활 향상을 중심으로 백성들의 삶의 향상에 노력하였다.

다산은 무엇보다 위국애민의 정신으로 나라와 백성을 위한 변화와 개혁을 통한 공정한 세상을 구상하였다. 피폐한 백성들의 삶과 극도로 문란한 조선 사회를 개혁하기 위한 변화와 개혁의 공정과 청렴의 개혁가였다. 천주쟁이라는 반대파의 끈질긴 모함에도 정조의 적극적인 지원으로 그의 벼슬살이 동안 나라와 백성을 위해 현장에서 직접 그의 생각을 실천하였다. 그뿐만 아니라 제도나 관습을 타파하기 위한 대안을 마련하여 제시하기도 하였다. 다산이 벼슬살이하며 부정과 부패로 얼룩진 그늘을 밝힌 것은 공정성이었다. 그가 28세 때 벼슬길에 들어서면서 다짐한 초심이기도 하다. 가장 바라고 희망한 공정하고 청렴한 세상이 바로 다산이

바라는 세상이었다. 다산의 공렴 정신은 지금의 불공정하고 불평등한 세상의 나침반이다.

　다산은 어디를 가든 현장에서 부조리하고 공정치 못한 제도나 관습은 과감하게 개혁하였다. 이뿐만이 아니라 백성들의 생명을 다루는 형벌에 있어서 더욱 공정하고 객관적인 법 집행을 통하여 형벌을 다스리도록 흠흠신서를 저술하였다. 흠흠(欽欽)이란 〈서경〉의 "조심하고 조심하여 형벌을 신중하게 내려야만 한다"는 구절에서 따온 말로 억울한 사람이 없도록 공정한 법절차를 세밀하게 저술한 형법서이다.

　다산은 벼슬살이 현장과 유배지에서 보고 느끼고 체험한 결과 지방의 수령들이 글만 알지 현실은 전혀 경험한 바가 없어 어떤 형사사건 하나도 처리치 못하여 아전들에게 맡겨서 일을 처리하다 보니 죽을 사람이 죽지 않고 안 죽어야 할 사람이 죽는 어처구니없는 일들이 일어난다는 것을 알았다. 그래서 공정한 판결을 통하여 백성들의 목숨이 함부로 버려지지 않도록 하고자 하였다. 이처럼 다산은 누구보다 공정과 공평한 재판을 통하여 백성들의 목숨을 함부로 다루지 않도록 하였다. 이 책은 오늘날까지도 훌륭한 형법 안내서로 백성을 위해 이해관계에 얽매이지 않고 공정함을 잃지 않은 다산의 공정심을 되새기게 한다.

# 2 공정의 새로운 운동장

다산은 벼슬살이를 시작하며 공정하고 청렴한 목민관을 꿈꾸었다. 하지만 민생현장에서 본 모습은 극심한 가난으로 피폐한 백성들의 삶은 말을 할 수 없었다.

나라의 주인인 백성들은 어디에다 하소연할 곳도 없이 부패한 아전들로 인하여 극심한 착취를 당하고 있었다. 조정에서의 벼슬살이에서 전혀 생각지 못한 상황을 눈으로 확인하면서 다산은 백성을 위한 공정한 운동장을 만드는 것이 무엇보다 절실하였다.

그 운동장에서 주인인 백성들이 백성답게 살아갈 수 있도록 하기 위해서였다. 부정과 부패로 양반계급을 사고팔며 모두가 양반 행세로 세상은 농사지을 사람도 세금 낼 사람도 부역을 감당할 사람도 없었다. 오직 힘도 없고 배경도 없는 약한 백성들만이 해야 할 몫이었다. 나날이 백성은 피폐하고 나라는 병들어 가고 있었다.

탐관오리의 불법(不法)을 자행함이 해마다 늘어나고 갈수록 심해집니다. 6, 7년 동안 동서로 수백 리를 돌아다녀 보니 갈수록 더욱 기발하고 고을마다 모두 그러하여 추악한 소문과 냄새가 참혹하여 차마 들을 수가 없었습니다. 관(官)에서 아전과 함께 장사하며 아전을 놓아 간악한 짓을 시키니 온갖 질고 때문에 백성들이 편히 살 수 없습니다. 법 아닌 법이 달마다 생겨나서 이제는 일일이 셀 수조차 없을 지경입니다. 하읍(下邑)의 아전들도 재상과 교제를 맺지 않은 자가 없어, 재상의 편지가 내리기라도 하면 기세가 올라 그 편지를 팔아 위세를 펼쳐 위아래에 과시하는데도 수령은 위축이 되어 감히 가벼운 형벌도 가하지 못하고 백성들은 겁이 나서 감히 그 비행을 말하지 못하므로 권위가 생겨 멋대로 침학합니다.

- 다산시문집 제19권 / 서(書) / 김공후에게 보냄

법 아닌 법이 계속 생겨 이제는 셀 수조차 없을 지경이라며 다산이 조정의 관료에게 민생현장의 상황을 적어 보낸 편지이다. 얼마나 불공정한 일들이 벌어지고 있는가를 확인할 수가 있다. 특히, 조정에 재상과 줄을 대고 있는 자들이 그것을 빌미로 삼아 수령마저도 힘을 못 쓰게 한 것을 보면 예나 지금이나 달라진 게 없다.

다산은 민생현장에서 누구보다 주인인 백성들이 사람답게 살 수 있도록 제도와 관행을 통해서 공정한 운동장을 만들고자 하였다. 그것은 암행어사 시절 암행감찰을 통해 확인할 수 있었다.

　33살 때 경기도 북부지방 암행어사로 나아가 부정부패로 민생을 보살피기보다 오히려 피를 빠는 탐관오리 노릇하는 관료들을 적발하여 공정하게 처벌한 사건에서 확인할 수 있다. 조정의 고관대작들의 배경을 믿고 백성들을 괴롭히며 온갖 부정부패를 저지른 자들을 가차 없이 고발하여 처벌토록 하였다. 민생현장을 위한 공정과 청렴의 투철한 암행감찰 업무로 훗날 다산 개인에겐 평생 벼슬길을 해코지한 인물을 만나게 되었으니 바로 서용보다. 다산이 암행 활동시 서용보의 친척 집안사람이 꾀를 부려서 향교 터를 묘지로 삼고, 땅이 불길하다는 소문을 내서 유림들을 협박해 향교 명륜당을 헐고 옮기려 한 사건을 적발하여 곧바로 그자를 체포하여 처벌한 사건이다. 또 서용보는 임금님의 행차가 과천행으로 금천 방향으로 다니지 않았는데도 임금의 행차를 핑계로 금천의 도로 보수비를 높게 책정하여 받아 낸 것을 적발하여 임금에게 자세히 보고했다. 이런 일들로 서용보는 다산이 눈에 가시와 같이 불편한 관계였다. 서용보는 또 노론 벽파로 신유사옥 때는 우의정이라는 높은 벼슬에 올라 다산을 재판할 때 결정적인 역할을 하였다. 다산의 백성을 위한 위민정신과 부정부패에 대한 공정한 처벌에 대한 반성은커녕 보복을 통해 다산을 치명적으로 유배까지 보낸 것이다. 1801년 봄 신유사옥 때도 많은 대신이 두 형제를 석방하자고 하였으나 서용보가 강력하게 반대하여 유배령이 내려졌다. 그는 자신의 잘못보다는 끝까지 자신을 고발한 다산을 해코지한 조선의 불공정한 비리 선비였다.

한 보고서에 따르면 국민이 생각하는 공정사회는 '출발과 과정에 공평한 기회가 주어지고 노력한 만큼 보상을 받는 사회'이며 '사회적 약자를 더욱 많이 배려하고 실패하여도 일어설 기회가 주어지는 사회'로써 '자율과 창의가 제약받지 않고 최대한 능력발휘를 할 수 있는 사회'라고 생각하고 있다.

자신의 이득과 지위를 얻기 위해 얼마나 많은 반칙과 부정을 저질렀는지 우리는 국회 공청회를 통해서 생생하게 듣고 뉴스로 접하고 있다. 우리는 잘못된 현실을 바꾸려는 것보다 자신의 기득권 보호를 위해 남을 탓하며 부정을 꾸며낼 뿐 올바른 변화를 위한 노력이 부족하다. 기회는 평등하고, 과정은 공정하고, 결과는 정의로운 운동장이 절실한 때이다.

# 3

## 제도개혁을 통한
## 공정의 길

다산은 공정한 분배와 조화로운 사회 개혁 차원에서 제도와 관습을 과감하게 개혁할 것을 주장하였다. 도덕만을 중시하며 이윤추구를 천시하는 왜곡된 도덕의식을 개선하고, 또 직업의 귀천을 구별하여 신분상으로도 사람을 천시한 직업의식을 타파하여 차별화로 피폐해진 백성들의 삶을 개선하고 빈곤 사회를 개혁하고자 하였다. 그리고 다산은 과감한 제도개혁을 통한 공정의 길을 닦기 위하여 인재가 절실하다는 것을 호소하였다.

온 나라의 훌륭한 영재(英才)를 뽑아 발탁하더라도 부족할까 염려되는데, 하물며 8~9할을 버린단 말입니까. 온 나라의 백성들을 다 모아 배양(培養)하더라도 진흥시키지 못할까 두려운데, 하물며 그중의 8~9할을 버린단 말입니까. 소민(小民)이 그중에 버림받은 자이고 중인이 그중에 버림받은 자입니다. 우리나라의 의원(醫員)·역관(譯官)·율학(律學)·역원(曆員)·서화원(書畫員)·산수원(算數員)인 자가 중인이다. 평안도(平安道)와 함경도(咸鏡道) 사람이 그중에 버림받은 자이고 황해도(黃海道)·개성(開城)·강화(江華)사람이 그중에 버림받은 자입니다. 관동(關東)과 호남(湖南)의 절반이 그중에 버림받은 자이고, 서얼(庶孽)이 그중에 버림받은 자이고 북인(北人)과 남인(南人)은 버린 것은 아니나 버린 것과 같으며, 그중에 버리지 않은 자는 오직 문벌 좋은 집 수십 가호뿐입니다. 이 가운데에도 사건으로 인해서 버림을 당한 자가 또한 많습니다. 무릇 일체 버림을 당한 집안 사람들은 모두 스스로 폐기하여 문학·정사(政事)·전곡(田穀)·갑병(甲兵) 등의 일에 마음을 쓰려 하지 않고, 오직 비분강개하여 슬픈 노래를 부르고 술을 마시며 스스로 방탕합니다. 이 때문에 인재도 마침내 일어나지 않습니다. 사람들은 그들 집안에 인재가 일어나지 않는 것을 보고는 '저들은 진실로 버려야 마땅하다'고 합니다. 아, 이것이 어찌 본래부터 그런 것이겠습니까.

- 통색(通塞)에 대한 논의 / 다산시문집 제9권 의(議)

당시 조선 사회는 전정에서는 힘없는 백성의 토지에 과도한 세금이 부과되었고, 군정에서는 갓난아이나 죽은 사람에게까지 군포를 부과하였으며, 환곡은 빈민구제가 아닌 고리대금업으로 전락하여 백성을 착취하고 있었다. 이처럼 민생은 도탄에 빠지고, 백성들의 삶은 피폐해진 상태였다. 그런데도 당시는 당파싸움으로 백성들 8-9할이 요즘 이야기로 진영논리에 휩싸여 쓸만한 인재조차도 등용할 수가 없다는 것을 구구절절 파헤치고 있다. 신분상으로 차별하여 버리고, 지역적으로 차별하고, 서자라고 버리고 오직 문벌 좋은 집 수십 가호뿐인데 이마저도 사건으로 인해서 버림을 당한 자가 또한 많다고 하였다. 이처럼 조선은 백성들은 피폐하고 나라는 폐망의 길을 재촉하고 있었다.

다산은 이런 상황을 극복하기 위하여 여러 가지 대안을 모색하면서 성리학, 훈고학, 문장학, 과거학, 술수학의 오학론에 대한 폐단을 주장하였다. 그중에 과거학에 대한 개혁을 통해서 올바른 인재를 등용하여 나라와 백성을 위한 일꾼으로 삼아야 한다고 주장하였다.

실용성이 없는 말들을 남발, 허황하기 짝이 없는 내용의 글을 지어 스스로 자신의 풍부한 식견을 자랑함으로써 과거 보는 날 급제(及第)의 영광을 따내는 것이 과거학이다. 이들은 성리학을 하는 사람에게는 '엉터리다[詭]'라고 꾸짖고 훈고학을 하는 사람에게는 '괴벽하다[僻]'고 질타하는가 하면, 문장학을 하는 사람은 비루하게 여기고 있다. 그러나 스스로 하는 것을 보면 모두가 문장학인 것이다. 그리하여 자기들의 격식에 맞게 지은 것은, '하, 잘 지었구나.' 하고 격식에 벗어난 것은 '이것도 글이냐?'하는가 하면, 공교하게 지은 것은 신선처럼 떠받들고 졸렬하게 지은 것은 노예처럼 멸시한다. 어쩌다 요행으로 명성을 얻게 되면 아버지는 효자를 두었다고 대견해하고 임금은 양신(良臣)을 얻었다고 경하(慶賀)한 다. 일가친척들이 사랑하고 친구들도 존대한다. 그러나 역경(逆境)에 빠져 뜻을 얻지 못한 사람은, 아무리 증삼(曾參)과 미생(尾生) 같은 훌륭한 행실이 있고 저리자(樗里子)와 서수(犀首) 같은 훌륭한 지혜를 지녔다 해도 거개가 실의에 빠져 초췌한 모습으로 슬픈 한을 안은 채 죽어가고 만다. 아, 이 얼마나 고르지 못한 일인가.

- 오학론(五學論) 4 / 다산시문집 제11권 / 논(論)

다산의 목민심서 이조 편의 사람채용(用人)에서 나라를 다스리는 일은 인재를 잘 임용하는 데 달렸으니, 군·현이 비록 규모가 작지만 사람을 쓰는 일은 나라와 다르지 않다고 하였다. 그러면서 관아에서 필요한 사람은 반드시 한 고을에서 가장 착한 사람을 골라서 그 직책에 있게 해야 한다고 주장하였다. 또 수령은 귀한 자리로 진실로 옳은 인재를 얻지 못하면 모든 일이 다스려지지 않는다고 하였다. 올바른 인재를 얻어서 모든 정사를 의논해야지, 적격자도 아닌 자를 그냥 자리나 채워 두어서는 안 된다고 하였다. 그리고 아첨을 잘하는 자는 충성하지 못하고, 바로잡고 잘못을 고치는 일(간쟁 諫諍)을 좋아하는 자는 배반하지 않는다며 이 점을 잘 살피면 실수하는 일이 적을 것이라고 하였다.

인재확보를 위한 방안과 당파를 초월한 신분상 차별의 초월 등 다산은 새로운 미래를 위한 과감한 개혁과 인식의 타파를 주장하였다. 이러한 다산의 개혁은 공정한 기회와 결과를 통하여 망해 가는 조선을 구하고자 한 처절한 몸부림이었다.

# 4 백성중심의 공정한 형벌

다산은 경학을 통하여 천부적인 인간의 존엄성을 바탕으로 하늘을 두려워하는 인간, 개체성의 자율성을 지닌 인간, 물질적 자연을 이용하는 인간이라는 새로운 우주 질서 속의 진정한 인간관을 중심축으로 확립하였다. 다산은 백성들이 백성답게 살아갈 수 있는 공정하고 공평한 세상을 위하여 국가적 차원에서 추진할 수 있는 국가 개혁서인 경세유표를 저술하였으며, 제도적으로 공정한 재판을 통하여 백성들의 인명을 존중토록 하였다. 특히, 흠흠심서를 저술하여 백성들이 공정한 처벌을 통하여 인간답게 대접받을 수 있도록 하였다.

이는 탐관오리들의 무지에 따라 생존권이 오고 가는 상황에서 백성들의 생명과 육체의 보호와 해석을 위한 안내서다. 다산은 소위 과거에 합격하여 벼슬살이하는 자들이 어릴 때부터 익히는 것이라고는 오직 시부와 잡예에 있었기 때문에 하루아침에 목민 관리가 되어 사건 처리를 어찌할 줄 몰라서 간악한 아전들에게 맡겨두고 자기는 감히 알려고도 하지 않는다고 하였다. 이와 같은 상황을 고려하여 흠흠신서를 저술하여 당시 부패하고 무질서한 양반 전제 정치하에서 짓밟히고 있는 백성들의 생명을 신중하고, 또 신중하게 공정하게 처리하도록 한 것이다.

최근 우리 사회를 떠들썩하게 한 사건들을 봐도 한 사건을 두고 극명한 비대칭을 볼 수가 있다. 그 사건을 통해서 우리 사회의 정의와 공정은 무엇인지 묻게 된다. 성 접대 사건으로 물의를 빚은 전직 차관에 대한 무혐의 처분에 따른 봐주기 수사라는 비판과 검찰의 수사에 대한 의지는 결국 4년여가 지나서야 법무부 산하 검찰 과거사위원회가 꾸려져 조사에 나섰으나 조사 주체는 수사 권한도 없는 진상조사단 4명이었다. 과거사위의 권고로 재수사에 나선 검찰은 과거의 무혐의 판단을 뒤집고 전 차관을 기소했지만, 부실·봐주기 수사에 대해서는 공소시효가 지나 강제수사를 할 수 없었다고 밝혔다. 외압에 대해서도 관련 진술이 없거나 증거가 부족하다며 무혐의 처분했다. 온 국민을 경악하게 한 희대의 사건을 덮은 책임은 결국 아무에게도 귀속되지 않았다. 이런 불균형과 불공정을 막기 위한 다산은 이미 200여 년 전에 구체적 서례를 통해서 안내서를 만들었던 것이다.

특히 다산은 목민심서 형조 편의 소송판결(청송聽訟), 재판(단옥斷獄), 형벌 삼가(신형愼刑), 죄수를 불쌍히 여김(휼수恤囚), 횡포 엄단

(금폭禁暴)을 통해서 목민관들이 백성들이 사건 사고를 당하였을 경우 공정하고 공평한 처벌을 할 수 있도록 구체적인 사례를 들어 설명하고 있다. 소송 판결에 있어서는 무엇보다 사건에 대하여 잘 듣고 옳고 그른 것을 잘 판단하는 근본은 참된 마음에 있다고 하였다. 그러한 마음가짐은 신독(愼獨)으로 누구도 의식하지 않는 마음가짐과 행동으로 삼가 참되게 하는 데 있다고 하였다.

송사를 처리하는 데는 물 흐르듯 쉽게 하는 것은 타고난 재질이 있어야 하므로 그 방법은 몹시 위험하다. 송사 처리를 처리하는 데는 반드시 마음을 다하는 데 있다. 다산은 백성이 막고 가려서 통하지 못하면 답답하게 되니, 호소하러 오는 백성으로 하여금 부모의 집에 들어오는 것 같이 편하게 하도록 하였다. 땅에 대한 송사는 백성의 경제에 관계되는 것이니, 한결같이 공정하게 하여야 백성들이 따를 것이다. 송사 판결의 근본은 오로지 문서에 있는데, 그 숨겨진 비위 사실을 들추어 밝히는 것은 오직 밝은 사람이라야 할 수 있다고 하였다.

단옥(斷獄)은 중대한 범죄를 판결하는 것이다. 중대한 범죄를 판결하는 요점은 옥사를 밝게 살피고 신중하게 생각하는 데 있다. 사람의 죽고 삶이 내가 한 번 살피고 생각하는 데 달렸으니 어찌 밝히지 않을 수 있겠는가. 또 삼가지 않을 수 있겠는가. 자기 힘이 미치는 데까지 남몰래 구해내면 은덕을 베풀어서 복을 구하는 일이 이 일보다 더 클 수 없을 것이다. 오래 갇힌 죄수를 놓아주지 않고 세월만 끄는 것보다는, 그 부채를 면제하고 옥문을 열어 내보내는 것이 또한 세상의 쾌한 일이다. 명확한 판단으로 즉시 판결하여 막히고 걸리는 일이 없으면, 마치 어두운 먹구름에 번개가 스치고 맑은 바람이 말끔히 쓸어버리는 것과 같다. 크고 작은 옥사 처결에는 모두 기한 날짜가 있다. 해가 지나고 세월이 가서 죄인이 늙고 수척하게 버려두는 것은 법이 아니다.

신형(愼刑)은 형을 신중하게 처리하라는 것이다. 수령이 형벌을 시행함에는 3등으로 나눈다. 전정, 부역, 군정, 곡부, 송옥 등 일체의 일반 백성에 관계되는 민사(民事)는 상등의 형벌로 볼기 30대를 쓰고, 조운, 세납, 물선의 공물 관련한 관료들의 업무 태만 등으로 인한 공사(公事)는 중등의 형벌로 볼기 20대를 사용하고, 제사, 빈객, 전수, 책응, 예절 등 관부의 일에 대한 관사(官事)는 볼기 10대의 하등의 형벌을 사용하며 어버이를 받드는 일에 관련한 사사(私事)에는 형벌이 없는 것이 옳다.

수령으로서 시행할 수 있는 형벌은 태형(笞刑)인 곤장 50대 이내에 불과할 뿐이니 이것을 초과한 것은 모두 재량의 한계를 벗어난 지나친 형벌이다. 형벌은 백성을 바르게 하는 일에서의 최후 수단이다. 자신을 단속하고 법을 받들어 엄정하게 임하면 백성이 죄를 범하지 않을 것이니, 그렇다면 형벌은 쓰지 않더라도 좋을 것이다. 악형(惡刑)인 난장(발가락을 뽑음)과 주리(두 막대를 양쪽 정강이에 넣는 짓)는 도적을 다스리는 것이니, 백성들에게 경솔히 사용해

서는 안 된다.

휼수(恤囚)는 죄인을 불쌍히 여김이다. 감옥은 이 세상의 지옥이다. 옥에 갇힌 죄수의 고통은 어진 사람으로서의 마땅히 살펴야 할 일이다. 옥중에서 토색을 당하는 것은 남모르는 원통한 일이다. 목민관이 이 원통함을 살피면 밝다고 할 수 있을 것이다. 죄수는 걸어 다니지 못하는 사람이니, 한 번 추위와 굶주림이 닥쳐오면 죽음이 있을 따름이다. 옥에 갇힌 죄수가 나가기를 기다리는 것이 긴 밤에 새벽을 기다리는 것 같으니, 다섯 가지 고통 중에도 오래 끄는 고통이 가장 심하다. 설 명절에는 죄수들도 집에 돌아가는 것을 허락한다. 은혜와 신의로 서로 믿는다면 도망하는 자가 없을 것이다. 장기 죄수가 오랫동안 집을 떠나 있어 자녀의 생산이 끊기게 되는 자는 그 정상과 소원을 참작하여 자애와 은혜를 베풀어 줄 것이다. 유배되어 온 죄인은 집을 떠나 멀리 귀양살이하는 사람으로 그 정상이 슬프고 측은하니, 집과 양곡을 주어 편안히 거처하게 하는 것이 목민관의 책임이다.

금포(禁暴)는 횡포를 엄단하는 일이다. 횡포와 난동을 금지하는 것은 백성을 편안히 하기 위함이니, 권세가를 물리치고, 왕의 측근 세력을 꺼리지 않는 것, 또한 수령이 힘써야 할 일이다. 왕의 은총을 믿고 횡행 방자하며 여러 가지의 구실로 백성을 괴롭히는데 모두 금지해야 한다. 토호의 횡포는 서민들에게는 승냥이나 호랑이다. 그 해독을 제거하고 양 같은 백성들을 보호하는 것이야말로 참된 목민관이라 하겠다. 간사하고 음탕하여 기생을 데리고 노는 자를 금한다. 도박을 직업으로 삼아 판을 벌리고 무리를 지어 모이는 것을 금한다. 족보를 위조하는 것은 그 주모자만 처벌하고 종범은 용서한다.

이처럼 다산은 형사 사건으로 고통을 당할 수 있는 여러 가지 경우를 구체적 사례를 통하여 금지하도록 하였다. 그 무엇보다 백성들의 삶은 물론 인명을 신중하고 또 신중하게 다루도록 하였다.

지금도 백성들의 인권을 무시하고 조작하여 죄를 뒤집어씌우는 사례들이 나타나고 있는 상황에서 200여 년 전 다산이 써 놓은 사례들이 책 속에 있는 것이 아니라 우리들의 현실 속에 있다는 것을 확인할 수 있다. 그만큼 다산은 누구보다 백성들 생명의 존엄성을 고귀하게 여겼다. 다산의 인간 존중 사상의 애민정신은 이 시대 우리가 다시 한번 되새겨 봐야 할 소중한 가치이다.

다산의 600여 권의 저술 속에서 가장 대표적인 공정성에 대한 저술은《흠흠신서》이다.

공정한 법집행을 통한 다산의 인간 존중 사상을 엿볼 수 있는 법사상 저술서이다.

1. 공정하지 못한 일을 당했을 때 나의 해결방법은?

2. 유전무죄, 무전유죄에 대한 나의 생각은?

3. 새로운 메타버스 세계에서 공정성이란 무엇이라고 생각하는가?

## PART 6

# 새로운
# 세계의 탐구

茶
山

茶山

다산정신의 실천을 통하여
각자가 주도권을 갖고
스스로 뜻을 세워
새로운 세계에 대한 탐구정신으로
미래를 준비

# 1

## 삶의 쟁기 탐구 정신

용은 어려서 매우 영리하여 제법 문자를 알았다. 9세에 어머니의 상을 당하였고 10세가 되어 비로소 학과에 힘썼는데 5년간은 선고(先考)가 벼슬하지 않고 한가로이 지냈으므로 용이 이 때문에 경사(經史)와 고문(古文)을 꽤 부지런히 읽을 수 있었고, 또 시율(詩律)로 칭찬을 받았다. 15세에 장가를 들었는데, 마침 선고(先考)가 다시 벼슬하여 호조 좌랑(戶曹佐郞)이 되어 서울에 우거(寓居)하였다. 이때 이공 가환(李公家煥)이 문학으로 한세상에 명성을 떨쳤고, 자부(姊夫) 이승훈(李承薰)이 또 몸을 단속하고 뜻을 가다듬어 모두 성호(星湖) 이 선생(李先生) 익(瀷)의 학문을 조술(祖述)하였다. 용(鏞)이 성호의 유저(遺著)를 보고는 흔연히 학문하기로 마음먹었다. 정종 원년 정유에 선고(先考)가 화순 현감(和順縣監)으로 나가게 되어 그 이듬해에 동림사(東林寺)에서 독서하였다. 경자년(정조 4, 1780) 봄 선고가 예천 군수(醴泉郡守)로 옮겨져 그로 인해 드디어

진주(晉州)를 유람하고 예천으로 와서 황폐 한 향교에서 독서하였다.

- 다산시문집 제16권 / 자찬 묘지명(自撰墓誌銘) 집중본(集中本)

다산 정약용(1762-1836)은 어릴 때부터 자가주도학습을 통하여 실학을 집대성한 학자로 '다산학'이라는 독창적 학문을 창출하였다. 그것은 1786년 다산이 환갑을 맞이하여 쓴 《자찬묘지명》에서 60세까지 저술한 책이 경집 232권, 문집 126권, 잡찬 141권 총 499권이라고 서술하고 있고, 사망 후 후손들이 쓴 〈열수전서총록〉에 경집 250권, 문집 126권, 잡찬 166권으로 총 542권이라고 한 점에서 확인할 수 있다. 이러한 다신의 위대한 업석은 끊임없는 탐구 정신 없이는 불가능한 일이다. 피폐한 백성을 구하고 쓰러져 가는 조선을 일으켜 세우기 위한 다산의 위국 애민정신은 다산의 탐구 정신의 발로인 것이다.

여기서 '탐구 정신'이란 진리를 발견하기 위하여 겸손한 자세와 열린 마음으로 다양한 분야에 관심을 두고 사물의 이치를 궁구하여 자신의 영명한 지성에 흔쾌히 합치될 때까지 섣불리 결론 내리지 않고 신중하고 성실하게 증명하고 궁구하는 학습 정신을 말한다. 즉, 나라와 백성들을 위한 답을 찾기 위해 무엇을 어떻게 해야 할 것인가? 그 고민 속에서 다산은 그의 삶 전체를 탐구를 통하여 쟁기질하였다고 해도 과언이 아니다. 그리고 유배 생활 속에서도 경학과 경세학을 바탕으로 자가 자신의 몸을 올바르게 추스른

후 위국 애민의 정신으로 나라와 백성을 위한 일을 펼쳐야 한다고 주장하였다.

　오늘날 우리 사회가 인성에 대한 교육을 왜 소중히 생각하는가를 생각해 보면 쉽게 이해할 수 있다. 다산은 아버지로부터 시작하여 스스로 경서와 고서를 통해서 선조들의 위국 애민의 정신과 백성이 주인이라는 주체성을 바탕으로 누구보다 다양한 방법으로 탐구하였다.

　나의 공부는 이런 유배 생활의 괴로움 속에서도 하루도 중단된 적이 없다. 뜻은 마치 양파의 껍질을 벗기듯이 풀려간다. 나는 이제야 비로소 알게 되었다. 무릇 곤궁한 가운데 있고 난 후에야 글 쓸 자격이 있음을.

- 다산시문집 제16권 / 자찬 묘지명(自撰墓誌銘) 집중본(集中本)

18년 동안 유배기의 삶이야말로 다산이 지속적인 강론 및 학문 탐구 활동을 통하여《목민심서》와《경세유표(經世遺表)》등 600여 권에 가까운 저서를 저술함으로써 조선 실학사상을 집대성한 결정적 시기이다. 다산은 유배 생활의 괴로움 속에서도 하루도 중단함이 없이 문제에 대한 답을 찾기 위한 탐구 정신으로 가득했다. 양파껍질을 까듯이 하나하나 문제를 풀듯이 나라와 백성을 위한 저술 활동을 계속하여 다산학이라는 학문적 위업을 달성한 것이다. 비록 유배라는 곤궁한 상황이지만 오히려 기회로 생각하면서 자신의 탐구 영역을 확산 저술 활동을 지속하였다. 다산의 이런 탐구 정신은 질병으로 고통받는 백성을 위한 의술서를 저술한 점에서도 그의 삶의 쟁기인 탐구 정신을 확인할 수 있다. 다산의 탐구 정신은 결과적으로 과학적인 창의성과 융합하여 실질적인 삶의 보탬이 되고 나라를 구하는 길이 되었다. 다산은 국가와 만백성의 이익보다는 당파적 이익을 우선시하는 당쟁의 폐단, 세도정치로 정치는 무너져 세도가들에 의해 매관매직이 성행하고, 돈으로 산 벼슬 값을 빼내기 위해서 '삼정(三政)'이 극도로 문란하여 민생은 도탄에 빠지고 백성들은 굶주림에 허덕이고 있는 상황에서 나라와 백성을 위한 대안을 탐구하였다고 해도 과언이 아니다.

세상은 급변하고 불확실한 시대를 맞이하고 있다. 변화의 속도는 우리가 쉽게 따라잡기 힘들 정도로 빠르게 변하여 초현실 사회라는 메타버스 시대를 맞이하고 있다. 지금 우리는 무엇을 우선해야 할 것인가를 생각할 때이다. 초심으로 돌아가 원형이 무엇인가를 탐구할 때이다. 200여 년 전 시대는 달랐으나 다산의 탐구 정신은 바로 지금 우리가 무엇을 탐구해야 할 것인가에 대한 과제를 제시하고 있다.

# 2

# 탐구 정신의 근원
# 천주교와 서학

　18세기 후반의 조선 사회에 가장 중대한 시대적 상황의 변화는 서학, 특히 천주교의 전파였다. 서학과 천주교는 나산의 일생을 뒤흔든 사건이었다. 다산은 훗날 천주교를 접했던 때를 회상하면서 새로운 신세계를 만난 것 같다고 하였다. 그만큼 천주교와 서학은 다산에게는 물론 당시 조선사회의 새로운 사회적 이슈였다.

　다산의 천주교에 대한 호기심과 탐구 정신이 얼마나 깊었는가는 1784년 정조가 중용에 대하여 내린 70문항의 문제에 대한 답을 작성하는 과정에서 확인할 수 있다. 정조는 다산이 23세 때 성균관 대학생들에게 "중용"에 관해 70 조목의 질문을 내려 답안을 올리게 하였다. 이때 다산은 남다르게 천주교과 한학을 잘 알고 있는 이벽을 찾아가 함께 논의하면서 답을 정리하였다. 이벽은 다산에게 천주교를 전파한 사람으로 다산의 형수 동생이기도 하였다. 천명과 인성을 해석함에 있어서나, 인간과 사물의 본질적 차이를 밝히면서 전통적인 주자의 성리학적 해석을 극복하고 독자적 해석을 통한 다산의 질문에 대한 답은 정조에게 남달랐다. 정조는 다산에 대하여 특이하고, 식견 있는 선비라고 할 정도로 극찬을 하였다.

다산은 10대 후반부터 20대를 거쳐 30대에 이르면서 피폐한 조선 사회를 개혁하기 위한 대안으로 실증과 실용에 기반을 둔 창조적, 비판적인 학풍을 일으키고 있던 성호 학파에 관심을 두게 되었다. 새로운 학풍의 성호 학파 계열의 진보적인 지식인들과의 교류를 통하여 다산의 학문적 호기심과 탐구 정신은 더욱더 깊어졌다.

낮에는 여러 친구들과 질서(疾書)를 정서하였는데, 목재가 직접 교정을 하셨으며, 밤에는 여러 친구들과 학문과 도리를 강론하였는데, 때로는 목재께서 질문하고 여러 사람이 대답하기도 하고 때로는 여러 사람이 질문하고 목재께서 변론을 하기도 하였다. 이와 같이 하기를 10일이나 하였으니, 매우 즐거운 일이었다.

- 서암강학기 / 시문집 21권

특히 위에 글은 바로 실학사상 형성기의 대표적 학자로 평가받고 있는 성호 이익(星湖 李瀷, 1681~1763년)의 문간집을 발행하기 위하여 금정 찰방으로 있을 때의 일을 기록한 "서암강학기"에 나온

글이다. 다산의 주도하에 이익의 종손으로 경학과 예학에 밝은 이삼환을 중심으로 십여 명의 선비들과 온양 봉곡사에 모여 열흘 동안 낮에는 이익의 저술인 "가례질서"를 교정하고, 밤에는 토론을 벌여 "서암강학회"를 열어 성호 학파의 학풍을 일으켰다. 다산의 지칠 줄 모르는 호기심과 탐구 정신은 나라와 백성을 위한 길이 무엇인가를 고민하면서 성호 학파의 지식인들과 새로운 사상적 흐름인 실학을 탐구한 것이다.

성호 학파는 당시 경직된 전통 유학으로부터 현실에 적용하여 실용성을 자아낼 수 있는 새로운 학문을 모색한 유학의 한 분파이다. 당시 실학은 정치적 상황과 지식인 각자 저지에 따라 몇 개의 분파로 나눠지기도 하였다. 그중에 성호 학파는 토지를 바탕으로 한 정치·경제·사회적 개혁을 꿈꾼 그룹으로 성호 학파를 형성함으로써 후대에 많은 영향을 미쳤다. 이익의 학문과 사상은 후학들에게 이어졌는데, 제자로는 《동사강목(東史綱目)》을 쓴 사학의 안정복, 천문학의 황운대, 지리학의 윤동규, 문학의 신후담, 경학을 연구한 권철신 등이 있다. 특히, 성호 학파는 경전의 해석방법과 서양문물을 수용하는 태도에 따라 보수파와 진보파로 나누기도 하는데, 온건주의를 주장하는 보수파는 안정복, 황덕길, 허전 등이고, 급진적 개혁 진보파로는 정약용, 권철신, 정약전 등을 들수 있다.

다산은 성호 학파의 경제에 대한 의식과 서학에 대한 이해를

출처 : https://www.joongang.co.kr/article/15548831
1780년대 천주교를 이끌었던 신자들이 지금의 서울 명동인 명례방에 있는 김범우의 집에서 기도하고 있는 모습. 정약전·정약종·정약용·윤지충 등 10여 명의 신자가 둘러앉은 가운데 이벽이 강론을 하고 있다. 1984년 화가 김태가 그린 그림으로 절두산 순교성지에서 소장하고 있다.
[사진 서울역사박물관]

통하여 조선의 시대 상황을 어떻게 개혁해야 할 것인가를 고민하였던 것이다. 서학을 통한 서구의 과학 기술의 발달, 천주교를 통한 인간의 존엄성 등등 다산의 호기심을 통한 나라와 백성을 위한 탐구 정신은 지칠 줄 모르고 깊어만 갔다. 그러한 다산의 탐구 정신의 결실은 600여 권의 저술로 오늘날 위대한 다산정신과 사상으로 계승 발전되고 있다.

# 10개월의 무전여행

다산의 탐구심은 경학과 경세학뿐 만이 아니라 시문을 짓고 문우들과 어울려 풍류를 즐기는 여유도 있었다. 다산이 중심이 되어 만든 "죽란사우"라는 시 동호인회를 보면 서로 시를 짓고 풍류를 즐기며 문학과 우정을 꽃피웠다는 것을 확인할 수 있다. 이러한 활동을 통하여 자신의 호기심과 탐구 정신을 발휘하기도 한 것이다.

특히, 다산은 19세 때(1780) 화순에서 벼슬살이하고 있는 아버지한테 아내와 함께 갔다가 화순에서부터 시작하여 광양, 하동, 진주, 합천, 구미, 예천, 고령, 문경, 충주, 하담, 이천, 광주, 과천, 서울로 이어지는 장장 10개월 동안 전국을 유람하며 무전여행을 하였다. 그것도 아내와 함께 10개월 동안 전국을 유람한 것이다. 다산의 호기심과 탐구 정신은 여기서 재확인할 수 있다. 지금 생각해 봐도 당시로써는 대단한 용기와 결단이 필요한 여행이 아니었나 생각된다. 하지만 다산만의 탁월한 호기심과 탐구 정신이 이러한 일을 가능하게 한 것이다.

　다산은 아내와 유람을 하면서 20여 편의 시도 남겨 놓았다. 배낭여행으로 아내와 함께 신혼여행 하듯이 풍류를 즐기며 시를 쓴 다산의 청년 시절은 정말 여유가 넘쳤다. 20여 편의 시 가운데 몇 편을 살펴보면 당시 다산의 생각과 조선사회의 모습을 상상할 수 있다.

| | |
|---|---|
| 작은 마을 산기슭 의지하였고 | 小聚依山坂 |
| 황폐한 성 바닷가 접해 있는데 | 荒城逼海潮 |
| 안개 짙어 큰길 가 숲이 어둡고 | 漲霾官樹暗 |
| 비 머금은 섬 구름 기세 매섭다 | 含雨島雲驕 |
| 빈 장터 까막까치 요란스럽고 | 烏鵲爭虛市 |
| 다리엔 고막 소라 껍질 쌓였네 | 蠃螺疊小橋 |
| 요즈음 고기잡이 세금 무거워 | 邇來漁稅重 |
| 사는 것이 나날이 처량하기만 | 生理日蕭條 |

- 저물녘에 광양에 당도하여[暮次光陽] / 다산시문집 제1권

　화순을 거쳐 광양에 도착하여 지은 시이다. 황폐한 바닷가 작은 마을에 안개는 잔뜩 끼고 날씨는 금방이라도 비가 올 것 같은 분위기다. 쓸 만한 물건이라고는 찾아볼 수 없는 장터에 까치 소

리만 요란스럽고 길가 다리엔 고막 소라 껍질만 수북하고 고기 잡는 일은 세금으로 다 채우니 아니 잡는 것만 못하다는 비참한 현실을 시로 남겨 놓았다. 다산은 서울이라는 울타리를 벗어나 조선의 이곳저곳을 유람하면서 새로운 넓은 세상을 보며 체험할 수 있었다. 얼마나 백성들이 가난하고 피폐한 삶을 살아가고 있는지 눈으로 직접 확인할 수 있었다.

그리고 다산이 하동을 지나면서 지은 시로 하동 장날은 전라도와 경상도 백성들이 함께 장을 보면서 물물교환이 이루어지고 있었던 곳이다. 시 속에서 시골 장터의 시끌벅적한 모습이 생생하게 떠오르는 느낌이 든다.

| 마부가 길을 몰아 골짜기를 벗어나니 | 鳴驪引頸欣出谷 |
| 푸른 봄물 들 나루에 배가 가로 떠 있구나 | 野渡舟橫春水綠 |
| 따뜻한 모래판에 이제 막 장이 서니 | 沙平日煖市初集 |
| 일만 부엌 연기 나고 술과 고기 널려 있네 | 萬竈煙生羅酒肉 |
| 강기슭의 마소는 서로 얼려 장난하고 | 岸邊牛馬交相戲 |
| 포구에 모인 돛대는 다발처럼 빽빽하다 | 浦口帆檣森似束 |
| 서쪽에는 대방이요 북쪽에는 사벌이라 | 西通帶方北沙伐 |
| 큰 규모의 장사꾼들 여기에 모여드네 | 豪商大賈於斯簇 |
| 송경 애주 비단이 멀리 거쳐 들어오고 | 松京愛州轉錦綺 |
| 울릉도와 탐라도의 생선도 들어오지 | 鬱陵乇羅輸魚鰒 |
| (생략) | |

　봄날 시골의 장날을 연상하면 그림이 나온다. 마부가 길을 가고 나룻배가 떠 있고 하동의 섬진강 가의 모래판에 장이 들어서니 여기저기 와자지껄하는 소리가 들리는 듯하다. 오랜만에 장 보러온 시골 사람들이 술과 고기로 배를 채우고 강가에 소와 말들이 장난치고 포구엔 돛대 가득하네. 전라도 남원(대방)과 경상도 상주(사벌)에서 온 사람들이 버글거리고 큰 장사꾼들 여기저기 많이들 모여들어 장날의 모습이 시끌시끌 사람 사는 것 같구만. 개성(송경)과 중국 북쪽(애주)에서 들어온 비단도 있고, 울릉도와 제주도에서 온 생선도 즐비하다며 시 속에 생생하게 옮겨 놓았다.

| | |
|---|---|
| 새재의 험한 산길 끝없이 이어지는데 | / 嶺路崎嶇苦不窮 |
| 기울어진 절벽 다리 거쳐 지나간다네 | / 危橋側棧細相通 |
| 거센 바람 솔소리에 말이 주춤거리고 | / 長風馬立松聲裏 |
| 온종일 길가는 사람 바위 기운 속이로세 | / 盡日行人石氣中 |
| 얼음이 언 깊은 시내 비탈과 함께 하얗고 | / 幽澗結冰厓共白 |
| 눈발 거친 늙은 덩굴 잎이 오히려 발갛네 | / 老藤經雪葉猶紅 |
| 마침내 바야흐로 계림의 경계 벗어나 | / 到頭正出鷄林界 |
| 서쪽 서울 바라보니 그믐달이 걸리었네 | / 西望京華月似弓 |

- 겨울날 아내를 데리고 서울로 가던 중 새재를 넘으며 짓다

[冬日領內赴京踰鳥嶺作] / 다산시문집 제1권


1780년 2월에 화순에서 시작하여 12월 27일 서울에 도착하기 전 12월 23일경 추운 겨울 아내를 데리고 서울로 가던 중 새재를 넘으며 지은 시이다.

추운 겨울 안타까운 마음으로 아내를 바라보며 걸음을 재촉하는 다산의 모습이 어른거린다. 산을 넘고 개울을 건너고 계절이 바뀌고 10여 개월 다산은 무슨 생각을 했을까? 다산의 호기심과 탐구 정신은 감히 상상할 수가 없을 만큼 대단하다. 자연을 노래했고, 백성들의 삶을 노래했고, 선산에 올라 인생무상을 노래했고, 부친과 함께 선비를 찾고, 정자에 올라 풍류를 즐기고, 장인을 찾아 군사 훈련을 구경하고, 돌아가신 어머니의 묘 앞에선 불효자의 모습으로 아내와 함께한 일들을 시로 옮겨 놓았다.

다산은 유배지 강진에서 쓴 편지에서 "시의 근본은 부자(父子)·군신(君臣)·부부(夫婦)의 인륜에 있으니, 혹 그 즐거운 뜻을 선양하기도 하고, 원망하고 사모하는 마음을 나타내기도 한다. 그다음으로 세상을 걱정하고 백성을 불쌍히 여겨서 항상 힘이 없는 사람을 구제해 주고 재물이 없는 사람을 구원해 주고자 하여 배회하면서 차마 그들을 버려둘 수 없는 뜻을 둔 뒤에야 바야흐로 시가 되는 것이다. 만약 자기의 이해에만 관계되는 것일 뿐이라면 이는

## 신혼시절 자유여행

1. 한양에서 진주
2. 진주에서 화순
3. 화순에서 광양
4. 광양에서 진주
5. 진주에서 합천
6. 합천에서 구미
7. 구미에서 예천
8. 예천에서 고령
9. 고령에서 문경
10. 문경에서 충주
11. 충주에서 이천
12. 이천에서 한양

시라 할 수 없는 것이다"라고 하였다. 이런 이야기는 다산이 젊은 시절 호기심과 탐구 정신으로 전국을 유람하면서 보고, 듣고, 느끼고, 체험한 가슴속 깊이 새겨진 글들을 옮겨 놓은 것이다.

세상의 모든 일은 자신이 있는 자리를 떠나 멀리서 자신의 모습을 볼 때 제대로 볼 수 있듯이 다산 역시 당파로 찌들은 세상을 보면서 자신이 해야 할 일이 무엇인가를 고민하며 탐구했을 것이다.

젊은 청년의 가슴으로 아내와 함께 거의 1여 년의 자유여행을 통하여 새롭게 닥쳐올 미래를 꿈꾸며 도포자락 휘날리며 산과 강을 건너는 다산의 모습이 마치 전장을 나서는 비장한 장수의 모습처럼 다가온다.

# 4 실용적 탐구 정신

다산은 유배지 강진에서 일찍이 편지를 통하여 자식들을 원격 교육했다. 유배지에서 보낸 26통의 편지를 통해 다산이 얼마나 자식들의 미래를 위한 원격교육을 했는지를 알 수 있다. 적폐세력으로 멸문당한 집안을 일으켜 세우기 위해서는 정신적 자세는 물론 학문을 열심히 하지 않으면 방법이 없다는 것을 수없이 강조하고 있다. 그 가운데서 유난히 탐구 정신을 가르치는 글은 지금도 자녀 교육에 있어 소중한 가르침이다. 특히, 다산은 아들들에게 닭을 키울 때의 사례를 들어가면서 탐구적인 자세를 이야기하고 있다. 즉, 닭을 그냥 키우지 말고 책을 읽어서 더 좋은 방법은 없는지 시험해보면서 색깔과 종류로 구별해 보기도 하고, 홰를 다르게도 만들어 양계관리를 특별히 해서 남의 닭보다 더 살찌고 더 번식하게 해야 한다고 편지에 가르치고 있다.

네가 닭을 기른다는 말을 들었는데, 닭을 기르는 것은 참으로 좋은 일이다. 하지만 이 중에도 품위 있고 저속하며 깨끗하고 더러운 등의 차이가 있다. 진실로 농서(農書)를 잘 읽어서 그 좋은 방법을 선택하여 시험해보되, 색깔과 종류로 구별해 보기도 하고, 홰를 다르게도 만들어 사양(飼養) 관리를 특별히 해서 남의 닭보다 더 살찌고 더 번식하게 하며, 또 간혹 시를 지어서 닭의 정경을 읊어 그 일로써 그 일을 풀어버리는 것, 이것이 바로 독서한 사람이 양계(養鷄)하는 법이다.

만약 이익만 보고 의리를 알지 못하며 기를 줄만 알고 취미는 모르는 채 부지런히 힘쓰고 골몰하면서 이웃의 채소를 가꾸는 사람들과 아침저녁으로 다투기나 한다면, 이는 바로 서너 집 모여 사는 시골의 졸렬한 사람이나 하는 양계법이다. (생략)

- 유아(游兒)에게 부침 / 다산시문집 제21권 / 서(書)

호기심과 탐구는 창의성의 촉진제다. 다산은 남다른 창의성의 촉진제인 호기심과 탐구 정신이 강하였다. 이러한 다산의 호기심과 탐구 정신은 이론이 아니라 실질적으로 현장에서 구체적으로 실천할 수 있는 내용으로 쓰러져 가는 조선을 구하고 피폐한 백성들의 삶에 보탬이 될 실용적인 것들이었다.

다산은 어린 시절부터 남다른 탐구 정신으로 경서를 통하여 학문을 익혔고, 7살 때부터 시를 지었다. 청년 시절 천주교에 대한 탐구심은 자신의 일생에 짐이 되었지만, 오히려 위기를 기회로 활용하여 유배라는 고통과 시련 속에서 실학을 집대성하였다.

성균관에서는 폭넓은 학문적 교류를 통하여 누구보다 수많은 책을 통하여 학문적 내공을 쌓을 수가 있었다. 특히 정조의 다산에 관한 관심은 다산의 학문적 탐구력 증진의 촉진제가 되었다. 23세 때 정조가 성균관 대학생들에게 내린 "중용"에 관한 70개 조목의 질문에 대한 답은 정조로 하여금 감탄을 자아내게 할 정도였다. 다산의 이러한 탐구 정신은 28세 과거에 합격하여 벼슬길에 올라서는 더 높은 시야를 바탕으로 나라와 백성을 위한 탐구 정신이 발휘되었다. 대표적으로 정조가 화성을 오고 가도록 하기 위해서 만든 한강 배다리 공사이다. 그리고 정조의 새로운 꿈을 실현코자 건설한 수원화성의 건축 설계이다. 그 수원 화성이 지금은 세계적 문화유산으로 유네스코에 등재되어 있다. 그리고 황해도 곡산 부사 시절엔 백성들을 질병의 고통으로부터 구하기 위하여 "마과회통"을 저술하였다. 그뿐만 아니라 부패한 제도나 관습을 과감하게 개혁하여 백성의 고통을 해결해주고 더욱 살기 편한 세상을 만드는데 노력하였다. 다산은 여기서의 경험을 바탕으로 실질적이고 설득력 있는 "목민심서"를 저술한 것이다. 그리고 강진에서 유배 생활 중에 아동들을 위한 맞춤형 교재인 "아학편"을 저술한 것이다.

우리나라 사람들은 주흥사(周興嗣)가 지은 《천자문(千字文)》을 구하여 어린아이들에게 수업을 시키는데 《천자문》은 어린이를 가르치기에 적당한 책이 아니다. (중략) 대체로 문자(文字)를 가르침에 있어서는 맑을 청(淸)자로 흐릴 탁(濁)자를 깨우치고, 가까울 근(近)자로 멀 원(遠)자를 깨우치며, 가벼울 경(輕)자로 무거울 중(重)자를 깨우치고, 얕을 천(淺)자로 깊을 심(深)자를 깨우치는데, 두 자씩 들어서 대조해 밝히면 두 가지의 뜻을 함께 알게 되고 한 자씩을 들어 말하면 두 가지의 뜻을 함께 모르게 된다. 특출한 두뇌가 아니고서야 어떻게 깨달을 수 있겠는가.

- 천문(千文)에 대한 평(評) -다산시문집 제22권 / 잡평(雜評)

다산이 유배초기 제자들을 위해 만든 맞춤형 학습 교재로 아동의 발달과정과 인지과정을 무시한 "천자문"을 비판하면서 2,000자의 한자를 명사, 동사, 형용사로 분류하여 저술한 아동용 교재

다산의 탐구 정신은 그가 있는 곳 어디서든 발휘되었다. 아이들을 가르치다 보니 천자문이 자연의 이치에 맞지 않다는 것을 발견하였다. 그래서 저술한 것이 바로 맞춤형 아동교재인 "아학편"이다. 이처럼 다산은 현장에서 실용적인 창조성을 발휘하였다. 그것은 언제나 백성에 대한 사랑과 애정 그리고 그의 탐구 정신의 발로였다.

---

### √ 다산심부름꾼의 묻고 답하기

---

다산의 탐구정신은 시대적 변화와 개혁의 방향을 미리 내다보며 새로운 환경에 대응은 물론 역사, 지리, 풍속까지 재발견 민족의식까지 각성시키기 위해 노력한 시대의 선구자이다.

1. 불확실한 미래에 대한 창의적인 나의 생각은 무엇인가?

2. 팬데믹 등과 같은 환경 변화에 대응하기 위한 나의 창의적인 방법은 무엇인가?

3. 새로운 가상세계를 위한 창의적인 학습 방법은 무엇이라고 생각하는가?

## PART 7

# 실용적

# 삶 속의 창조

茶
山

다산의 대표적 창조정신은 한강배다리 건설과
수원화성건설로 누구보다 과학적이고 창의적인
아이디어를 발휘하였다. 오늘날  수원화성은
유네스코 세계문화유산으로 등재된 세계적인 성이다.

# 1

## 시대적 조류 속
## 창조적 물결

　18세기 조선 사회는 귀족 대 농공상민의 계급적 모순과 정쟁에 의한 양반 자체의 붕당적 모순은 물론 기호 대 서북의 지방적 모순 그리고 현실 생활과 동떨어진 탁상공론의 학문적 모순까지 어느 것 하나 성한 것이 없었다. 또한, 외부적으로는 16세기 종교 개혁 이후로 유럽 각국에서는 봉건사회가 붕괴되고 도시가 생성되었다. 신대륙의 발견과 항해술의 발달은 식민지의 확대로 무역이 성행하게 되었다.

　천문학의 발달은 물론 각종 과학은 중세기의 세계관을 근본적으로 파괴하였다. 1777년 미국 독립 당시 다산은 16세로 조선은 정조가 왕위에 오른 해이기도 하다.

　17세기에서부터 19세기까지 서양 문명의 발달은 조선은 물론 중국, 일본 역시 격동의 시대로 변화 물결의 넘실대고 있었다. 그 변화의 물결은 총포로 무장한 함대와 십자가를 앞세워 신앙의 자

유를 전파한 신부들 그리고 해외무역을 도모했던 상선들로 인하여 사람들이 자신의 삶과 사유를 비판적으로 볼 수 있었다는 점이다.

즉, 다른 세계가 존재한다는 사실을 인지하면서 새로운 세계는 반문명적인 야만이 아니라는 사실은 물론 중국 중심의 세계관을 벗어나게 하는 계기가 되었다.

다산 역시 이러한 시대적 조류 속에서 새로운 천주교와의 만남은 조선의 실상을 통해 더욱 새로운 세상을 향한 창조적 사유가 발아되기 시작한 것이다. 대내외의 시대적 조류 속에서 무엇보다 다산은 나라와 백성을 위한 차원에서 창의적인 대안이 절실하였다. 다산의 미래 지향적 변화와 개혁을 위한 창의성은 바로 여기에서부터 그 근원을 찾을 수 있다. 사학의 세계관으로부터 변화의 충격을 받고 유교 경전의 세계를 창의적인 새로운 사유로 해석을 한 다산은 실학을 집대성한 다산학이라는 독창적 학문 속에 녹아 있다. 그의 창조적 사유, 그 깊이와 정신은 600여 권의 책 속에 고스란히 물질적 존재가치로 그리고 더 나아가 정신적 존재가치로 남아있는 것이다. 다산의 창조적 사유는 그의 책뿐만 아니라 그의 삶의 여정 속에서도 확인할 수 있다. 다산의 정신과 사상은 그의 창조적 사유의 활동 결과물이라고 할 수 있다.

창조적인 인물들의 이야기 속에서 "창조에 있어 마법의 순간은 없다"라고 한다. 창조자들은 의구심, 실패, 조롱, 거절에도 불구하고 인내하면서 새롭고 유용한 무엇인가를 만드는 데 성공할 때까지 창조 작업에 거의 모든 시간을 쏟아붓는다고 한다. 다산의 인생 여정을 살펴봐도 비법도, 지름길도, 단시간에 창조성을 발휘한 것이 아니다. 당파싸움으로 인한 반대파들의 끊임없는 의구심, 자신의 꿈과 이상을 실현할 기회의 상실, 18년 유배라는 시련과 고통에도 불구하고 인내하면서 진정한 위국 애민의 정신으로 나라다운 나라, 백성이 주인 되는 세상을 위한 변화와 개혁을 위한 창조적 사유를 통해서 600여 권의 책을 저술하였다. 회갑 때 쓴 자찬묘지명에서 밝히고 있듯이 다산은 여한이 없다는 말로 생을 다할 때까지 창조 작업에 거의 모든 시간을 쏟아부었다.

육경(六經)과 사서(四書)로써 자기 몸을 닦고 1표(表)와 2서(書)로써

천하·국가를 다스리니, 본말(本末)을 갖춘 것이다.

- 자찬묘지명

다산은 600여 권의 방대한 책을 저술한 조선의 레오나르도 다 빈치라고 할 수 있다.

다산의 실용적이며 창조적 사유는 그의 책은 물론 그가 살아 온 삶의 여정 속에 고스란히 담겨 있다. 소박하고 청렴한 성품은 더욱 실용적인 삶을 지향하였으며 그의 삶의 목적과 정신 그리고 세계관의 밑거름이 되었다. 다산의 사상은 그의 창조적 사유의 움 직임이 만들어낸 궤적이다. 다산의 사상과 성신은 세세연년 시간 을 따라 흘러 역사가 되어 오늘에 이르고 있다. 다산의 실용적 과 학적 창조 정신은 "나라다운 나라, 백성이 주인 되는 세상"을 구 현하기 위한 새로운 세계관이자 가치였다.

초연결, 초융합, 초스피드의 메타버스 시대에 200여 년 전 다 산의 창조성을 바탕으로 새로운 공동체적, 사회적 핵심가치 창출 을 위한 실용적 창조성이 절실한 때이다.

## 2 다산정신의 가치창조

200여 년이 지난 지금 다산에 대한 평가는 다양하다. 그것은 우리에게 남겨진 다산의 정신적 가치가 그만큼 다양하고 크기 때문이다. 금장태 교수는 다산에 대하여 다음과 같이 이야기를 하고 있다.

21세기 아득히 넓고 큰 산악지대에 들어왔다는 것을 깨닫기 시작했다. 어떤 사상가는 들판에 솟아오른 봉우리 같아서 전체 규모를 쉽게 파악할 수 있는데 정약용의 경우는 워낙 큰 산줄기라서 끝이 보이지 않을 만큼 무수한 봉우리들이 이어져 있고 깊은 골짜기가 사방으로 뻗어있었다. 어느 골짜기를 따라 올라가 보아도 전체의 모습은 짐작하기조차 어렵다는 것을 깨닫게 되었다. 바로 이 점에서 정약용은 한번 거쳐 가는 사상가가 아니라 평생을 두고 연구할 만한 다양하고 풍부한 세계를 간직한 사상가이다.

다산의 정신적 가치는 600여 권의 다산학 속에 오롯이 담겨 있다. 우선은 경학을 통해서 수신제가의 정신적 가치를 경세학을 통해서 치민과 치국의 실천 방법까지 저술하고 있다. 특히 "인仁"의 해석을 통한 다산의 인간관은 전통적 주자학의 학문적 전통 속에서 새로운 눈으로 새롭게 "인"의 해석을 통하여 백성이 주인으로서 주인답게 살아갈 수 있는 학문적 바탕을 깔아 놓았다.

다산은 인의 해석에 있어 "인"을 인간에 대한 사랑으로 해석하며 도덕적 가치의 중심을 인간의 사랑인 "인"으로 인간관계 결합을 이루는 사회질서의 이상을 제시하고 있다. 절대적 왕권 시대 "인"이 가정과 국가의 모든 인간관계를 지탱하는 도덕적 가치라고 한 것이다. 행위와 실천의 개념이 뚜렷하지 못한 주자학의 성리론을 근본적으로 비판한 것이다. 다산은 인(仁)을 유교의 추상적인 이(理)로 보지 않고 사람과 사람 사이에서 마땅히 해야 할 도리를 다 하는 행위 개념으로 새롭게 독창적으로 해석하였다.

사람과 사람 관계 속에서 최선을 다한 것, 내가 하기 싫은 것을 다른 사람이 하지 않도록 하는 서(恕)의 실천을 강조한 것이다. 인간에 대한 사랑으로서 가정과 국가의 모든 인간관계의 기본으로 효, 제, 자(孝, 悌, 慈)의 사랑과 남을 섬기는 서의 실천을 강조했다. 다산은 "인"을 인간의 인간에 대한 사랑으로 사회 공동체가 성립

할 수 있는 바탕이 바로 "남을 향한 사랑"이라고 하였다. 다산의 인간 이해는 바로 인간이 고립된 개인으로 존재하는 것이 아니라 다른 인간과 더불어 어울리는 사회적 존재로서 살아가야 한다는 실존적 조건을 천명하고 있다.

다산은 또한 탕론을 통하여 "끌어내린 것도 대중이고 올려놓고 존대한 것도 대중이다. 대저 올려놓고 존대하다가 다른 사람을 올려 교체시켰다고 교체시킨 사람을 탓한다면 이것이 어찌 도리에 맞는 일이겠는가"라며 이른바 역이란 무엇인가에 대하여 고전을 통하여 증명하면서 옛날에는 아래 사람이 윗사람을 추대하였으니 아래 사람이 윗사람을 추대한 것은 순이고 지금은 윗사람이 아랫사람을 세우셨으니 윗사람이 아랫사람을 세운 것은 역이다. 따라서 아랫사람이 윗사람이 잘못하여 갈아치우는 것은 역이 아니라 순리라고 주장하였다. 또 원목에서 목민관이 백성을 위해 서 있는 것인가? 백성이 목민관을 위해 있는 것인가? 라는 질문을 통해 "목민관은 백성을 위해서 있는 것이지 백성이 목민관을 위해 있는 것이 아니다"라고 대답하여 목민관이 백성을 위해 존재한다는 기본적인 상호관계를 확인하고 있다.

이처럼 다산은 고전을 통하여 백성들이 주인으로서 행해야 할 마땅한 일을 하고 있다는 것을 주장하였다. 다산의 창조적 사상은 시대를 초월하여 지속적인 가치를 반영하고 있기 때문에 오늘날 우리에게도 소중하다. 금장태 교수는 다산 사상이 오늘 우리에게 던져준 가장 중요한 3가지 지혜를 다음과 이야기하고 있다.

첫째가 다산 사상이 외래문물과 전통문화를 종합함으로써 실현하는 창조적 사유를 유의해 볼 필요가 있다는 것이다. 정약용은 서학과 고증학 등 새로운 외래문물을 적극적으로 받아들이면서 전통의 성리학적 세계관에 대한 비판적 반성을 시도하였다. 그러나 그는 외래문물을 맹목적 추종하지도 않았고, 그렇다고 전통문화를 폐쇄적으로 여기지도 않았다. 오히려 새롭게 받아들여 융합함으로써 유교 경전의 본래 정신을 새롭게 해석해 내는 도구로 활용했다. 이런 의미에서 다산 사상은 외래문물의 수용을 바탕으로 전통 사상이 지닌 깊은 뜻을 재발견하였다고 할 수 있다. 외래문물과 전통문화를 종합하여 전통문화를 창조적으로 재해석하였다고 할 수 있다

둘째는 다산 사상이 물질적 경제생활과 도덕적 문화의 조화를 추구하였다는 것이다.

다산은 균형 있는 가치관을 통하여 실학자로서 불합리한 제도의 개혁과 더불어 생산의 촉진과 경제적 향상을 추구함과 동시에 인간의 도덕적 각성과 실천을 강조함으로써 경제와 도덕의 균형과 조화를 도모하였다. 욕구의 절제를 잃고 예법과 공공의식이 혼돈에 빠져 있으며 사회 전반적으로 도덕적 붕괴가 심각한 현실 속에서 어떻게 경제적 발전을 유지하면서 품위 있는 도덕적 가치관을 확보할 수 있는가의 문제가 이슈인 오늘날 다산의 도덕과 경

제의 조화와 융합적 사상은 우리에게 절실한 새로운 사회적 가치 창출에 시사하는 바가 크다.

셋째는 다산이 仁을 인간에 대한 사랑으로 해석하며 도덕적 가치의 중심 개념으로 강조하고 이에 근거하여 인간관계의 결합을 이루는 사회질서의 이상을 제시한 점이다. 이전까지의 추상적 인간관계를 보다 구체적이고 가시적인 사고를 통하여 인간관계 속에서의 인의 가치를 소중하게 해석하였다는 것은 바로 백성들의 눈높이에서 실천적 가치를 추구한 다산의 창조적 사고에서 가능했다.

이처럼 다산정신은 200여 년의 세월이 흘렀어도 지금까지 역사 속에서 유유히 흐르고 있다. 하지만 아직도 다산이 꿈꾼 세상 "나라다운 나라, 백성이 주인 되는 세상"을 위한 우리들의 정신적 가치에 관한 관심은 요원하기만 하다.

이제라도 다산의 600여 개의 보석을 갈고 닦아서 우리들의 새로운 미래의 소중한 사회적 가치로 창출할 수 있길 기대한다.

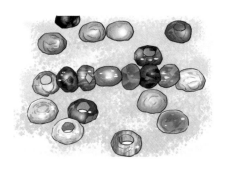

# 3 과학적 사고의 창조물

다산은 청년 시절에 천주교를 접하게 되면서 서양과학에 눈을 뜨고 낡은 세계가 깨어져 나가고 새로운 세계가 열리는 정신적 지각변동을 겪었다. 시기적으로 근대과학의 엄청난 파고가 치던 시기였다. 다산은 이러한 사회적 변혁기에 전통적 사상의 바탕 위에 부패한 조선의 사회를 새롭게 재건하고자 하였다. 그러기 위해서 새로운 자연과학은 물론 정치, 경제, 사회, 기술에 이르기까지 문화 전반에 걸친 개혁적 방안을 제시한 경세가이며, 학자이고, 사상가였다.

특히 과학에 대한 다산의 식견은 지금 봐도 놀라울 정도이다. 그 사례로 서해안에 나타나는 조수간만의 차가 천지 호흡에 따른 것이 아니라 해와 달의 운동에 따른 영향에 기인한 것이라고 하였다. 특히 동일한 삭망 가운데서도 조수가 어떤 때는 세고 어떤 때는 약하게 되는 것은 달의 운행궤도와 해의 운행궤도의 일정한 차이에 따른 것임을 정확히 지적하였다. 그리고 기하광학의 법칙에 입각하여 원시와 근시를 설명했고, 또 볼록렌즈가 태양광선을 초점에 모아 물건을 태우는 원리와 이때 흰 것보다 검은 물건이 타기 쉬운 이유 등을 명쾌하게 설명하였다. 다산은 근대적 의학서인 종두술을 저술하였으며 각종 약초의 성능을 연구하고 그 재배법까지 습득하여 소개하였다. 또 농사기술은 반드시 생물학적 법칙에 의거해야 한다고 하면서 농업의 혁신론을 펴기도 하였다.

다산은 지리학을 연구하여 지도제작에서 엄격한 과학적 태도를 보여 주기도 하였다. 천문, 기상, 물리, 화학, 생물, 지리 등 모든 과학 분야의 연구를 통하여 그 결과를 실용적으로 활용하는데 노력하였다. 다산은 과학 분야 연구를 통해 주자학이 강조했던 실용 정신을 자신의 넓고 탄탄한 학문적 기반을 바탕으로 구현하는 것을 추구했다. 일례로 다산은 좋은 기술자와 장인을 우대해 과학기술을 발전시켜야 한다는 '내백공(來百工)'의 주장을 펴기도 했다. 정약용은 '기술자들이 오게 하는'이라는 뜻을 지닌 내백공 정책을 통해 농기와 수레 등을 편리하게 만들고 이를 활용해 교역과 농사가 성하게 해야 한다고 주장했다. 이러한 그의 주장은 『중용(中庸)』 14장의 구절, '백공이 오면 재용이 풍부해진다(來百工則財用民)'는 구절을 주해한 것이다.

다산의 자연과학에 관한 관심은 일체의 비합리적인 것들을 배격하였다. 그 사례가 손목의 맥을 짚어 병을 진단하는 진맥법의 부정확성에 관하여 이야기하였고, 얼굴을 보고 운명을 점치는 관상법을 배척하기도 하였다. 또 풍수지리설에 대하여는 다산이 죽기 전 아들들에게 "내가 죽으면 지관에게 묻지 말고 집의 뒷동산에 매장하라"라고 유언을 할 정도로 풍수설을 배격하였다.

다산은 당시 정치적 부패로 참혹한 고통 속에 허덕이는 민생을 직시하고 누적된 사회의 모순을 개혁하기 위한 대안으로 구체적인 과학적인 방안을 제시하였다. 시대가 요구하는 방향을 미리 내다보고 새로운 과학 기술을 도입하여 생산의 효율성을 높이며 우리의 역사 지리 풍속을 재발견하여 민족의식을 각성시키는 데까지 관심을 넓혀 갔다.

특히 다산의 과학적 사고를 바탕으로 수원화성을 건설할 때 도르래를 이용해 무거운 돌을 들어 올릴 수 있는 거중기와 녹로를 발명했다. 인부들은 거중기를 이용해 10t 이상의 무거운 돌을 높은 곳으로 옮길 수 있었다. 또 10년은 걸릴 것으로 예상했던 화성 축조 공사가 단 2년 반인 28개월 만에 완공하였다. 정조는 수원화성이 축성된 후에 "네가 거중기를 만들어 무려 4만 냥이나 절감됐다"라며 정약용을 극찬했다.

또 다산은 화성을 지으면서도 그 기록을 자세하게 기록하여 성의 형태는 물론 성을 쌓는 방법과 재료까지 자세히 기록하였으며 성을 쌓을 때 사용한 돌의 크기나 그 돌을 깎는 방법, 벽돌 만드는 방법, 가마로 굽는 방법까지 화성을 짓는 과정을 알아보기 쉽게 글과 그림으로 설명한 『화성성역의궤』를 저술하였다.

이 외에도 다산은 과학적 원리를 적용하여 성벽의 틈 사이로 물이 스며든 채 얼면 부피가 팽창에 성벽에 균열이 생기거나 쉽게 무너지지 않도록 미석을 끼워 비나 눈이 와도 물이 성벽으로 스며들지 않고 미석을 타고 땅으로 떨어질 수 있도록 고안하였다. 또 수원 화성의 성벽이 구불구불한 것도 구불구불하게 해 아치를 만들면 더욱 견고할뿐더러, 성벽의 허리가 잘록하게 쌓아 돌과 돌 사이가 더 견고하게 맞물려 적병이 성벽을 쉽게 타고 오를 수 없도록 과학적으로 만들었다고 한다. 수원화성은 1997년 12월 유네스코 세계문화유산으로 지정되었고, 화성 설계, 건축의 모든 것이 다 담긴 『화성성역의궤』 역시 유네스코 세계기록유산으로 등재되어 있다. 이처럼 다산의 과학적 사고의 창조물은 세계적인 유산으로 오늘날 우리 삶 속에서 숨 쉬고 있다.

거중기
출처: 다산박물관

# 4 민생현장의 창조적 사유

　다산의 창조적 사유는 관념적이지 않고 실용적으로 민생현장에서 활용할 수 있는 창조물로 나타났다. 일반적으로 창의성이란 지적인 능력으로 특수한 인성적 특성으로 보는 경향이 있고, 문제해결 능력의 한 형태로 보기도 한다. 이러한 것을 초월하여 다산은 기존의 것을 초월하여 새로우면서도 유용한 창조물로 생성되어 백성들에게 보탬이 되도록 하였다. 다산의 이러한 창조적 사유는 무엇보다 피폐한 백성들의 고달픈 삶을 위한 애민정신의 발로였다.

　그 사례를 살펴보면 다산이 황해도 곡산 부사로 갔을 때 그 지방에 유행한 홍역으로 많은 사람이 죽어가자 마과회통(麻科會通)으로 백성들을 질병으로부터 구하였다. 마과회통 서문을 보면 다산의 마음을 알 수가 있다.

"내가 이미 이몽수(李蒙叟)로 말미암아 살아났기 때문에 마음속으로 그 은혜를 갚고자 하였으나 어떻게 할 만한 일이 없었다. 이리하여 몽수(蒙叟)의 책을 가져다가 그 근원을 찾고 그 근본을 탐구한 다음, 중국의 마진에 관한 책 수십 종을 얻어서 이리저리 찾아내어 조례(條例)를 자세히 갖추었으나,"

-다산시문집 제13권 / 서(序)

그뿐만이 아니다. 다산은 1801년 그의 나이 40에 형인 정약종이 천주교 관련 서적과 문서 등을 옮기다가 한성부에 발각되는 책롱사건이 발생하였다. 정치적으로 다산을 없애기 위해서 구실을 찾던 때였다. 이런 연유로 다산 둘째 형 정약전과 함께 체포되어 형은 신지도로, 정약용은 장기로 유배를 가게 되었다. 여기서도 다산은 백성들이 병이 들어도 약이 없어 죽어가는 상황을 지켜보면서 저술한 책이 바로 『촌병혹치』이다. 자식들이 보낸 의서(醫書) 수십 권과 약초(藥草) 한 상자를 갖고 이를 바탕으로 책과 약을 처방하여 죽어가는 백성들을 구하였던 것이다. 촌병혹치(村病或治序) 서문에서 어떻게 책을 저술하였는지 다음과 같이 적었다.

하루는 객관을 지키고 손님 접대를 하는 사람의 아들이 청하기를, "장기(長鬐)의 풍속은 병이 들면 무당을 시켜 푸닥거리만 하고, 그래도 효험이 없으면 뱀을 먹고, 뱀을 먹어도 효험이 없으면 체념하

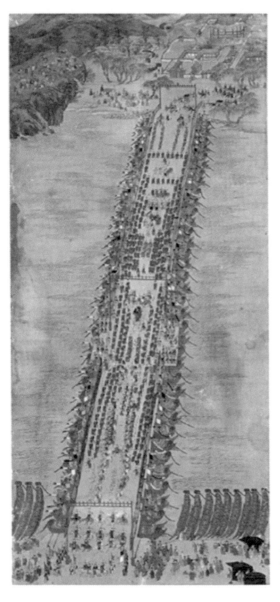

한강주교환어도
(리움 박물관)

고 죽어갈 뿐입니다. 공(公)은 어찌하여 공이 보신 의서로 이 궁벽한 고장에 은혜를 베풀지 않습니까." 하기에, 나는, "좋다. 내가 네 말을 따라 의서를 만들겠다." 하였다.

-촌병혹치 서(村病或治序) / 다산시문집 제13권

다산의 창조 정신은 다산의 과학적 사고와 탐구심이 융합되어 어떤 상황과 현장에서도 그리고 특정 개인에게 불행한 삶을 낳기 마련인 어떤 파괴적인 만남에서도 자신의 마음가짐과 창조적인 노력에 따라 얼마든지 창조적 만남으로 승화할 수 있다는 것을 확인할 수 있다.

특히 다산은 어떤 시련과 고난 속에서도 창조적 만남을 통하여 오늘날 다산정신의 고귀한 씨앗들을 뿌렸다. 그러한 창조적 만남의 사례가 바로 귀양살이 18년의 시련과 고난의 파괴적인 만남을 창조적 만남으로 승화시킨 것이다. 이를 통해 다산은 늘 깨어 있는 창조적 지성의 삶을 통하여 실학을 완성한 실학 집대성자로 불리고 있다.

다산은 탁월한 과학자이기도 하였다. 천문·기상·의학·수학·기하학·농학·지리·물리·화학 등 다산의 창조적 사유는 한계가 없다. 한강 배다리건설, 수원 화성 설계, 기중기 발명 등에서 다산의 창의성을 확인할 수가 있다.

특히 1792년 28세 때 한강 배다리를 설계하였다. 조선에서 처음 시도한 혁신적인 기술로 배 60여 척을 한데 묶어서 강물에 띠우고 그 위에 2천여 장이 넘는 널빤지를 깔아 다리를 만들었다.

이처럼 다산의 창조적 마인드와 실천적 창조물들은 조정에서 벼슬길에서 암행어사 시절은 물론 심지어 유배 18년의 어두운 터널 속에서도 끝없이 발휘되었다. 불확실한 오늘의 현실에서 우리는 어떤 창조적 사유가 필요한지 시사하는 바가 크다.

---

### √ 다산심부름꾼의 묻고 답하기

더 자유롭고 독립적이며 주도적인 사회는 창의가 넘치는 사회이다. 나와 사회를 인격적으로 성숙시키고 준비하는 일은 창의적이고 창조적인 삶을 준비하는 일과 같다.

1. 나의 일상속에 창조적인 일은 어떤 일이 있는가?

2. 새로운 환경변화 대응을 위한 나의 창조적인 전략은 무엇인가?

3. 창조적인 생각을 유발하기 위한 나만의 방법은 무엇인가?

## PART 8

# 변화와 개혁의

# 등불

茶
山

茶
山

진정한 리더는 시대를 읽고,
시대를 아파하고, 급변하는
새로운 시대를 위한
변화와 개혁의 실천자

# 1

## 변화와 개혁의 기본은 민생

　18세기 후반과 19세기 초는 조선 봉건사회의 해체기로서 봉건적 병폐로 말미암아 곳곳에 말기적 현상이 나타나고 있던 때였다. 대외적으로는 과학과 천주교의 물결로 새로운 물결이라는 과제와 더불어 이에 대한 첨예한 갈등의 시기였으며, 대내적으로는 심화한 사색당파의 여파는 영조의 탕평책에도 불구하고 시파와 벽파, 양파의 대립으로 급기야 신유사옥으로 정쟁이 심화하기에 이르렀다.

　다산은 이런 상황을 경세유표 서문에서 밝히고 있듯이 털끝 하나 성한 것이 없다고 말하면서 개혁하지 않으면 조선은 망할 것이라고 이야기하였다. 다산의 이런 생각은 임진왜란과 병자호란 후의 민생의 현장에서 벌어지고 있는 참혹한 현실을 어떻게 개혁할 것인가에서 시작되었다. 국가 재정을 메우기 위하여 백성들로부터의 과도한 세금 징수와 이로 인한 관리들의 온갖 부정부패로 백성들의 고단한 삶에 대한 개선이 최우선이라는 것을 현장에서 확인하였다.

임진왜란이 있은 다음부터는 온갖 제도가 해이해지고 모든 사업이 뒤죽박죽이 되었으나 병영은 계속 증가되고 재정은 고갈되며 토지제도는 문란해지고 세금 징수는 공평하지 못할 뿐 아니라 생산 원천은 극력 막아 버리고 낭비의 구멍은 마음대로 뚫어 놓았다. 여기서 다만 부서 개편과 인원 축소로써 구급책을 삼은 결과 이익이 한 줌이라면 손실은 산더미와 같다. 있어야 할 각급 신하들을 정비하지 못하고 옳은 인재들이 등용되지 않은 결과 탐오의 바람이 크게 불고 백성들은 궁핍에 빠졌다.

- 경세유표 서문

다산은 무엇보다 국가 재정의 3대 요소로 운영되고 있는 전정, 군정, 환곡의 문란을 개혁하기 위하여 토지개혁을 주장하였다. 다산의 토지개혁은 전론으로 경자유전, 사농균등, 협업분배를 원칙으로 하였다. 이뿐만이 아니라 경제정책의 핵심을 이루는 화폐의 중요성을 강조하여 화폐제도의 개혁을 주장하였다. 화폐의 유통은 바로 세상을 다스리는 일과 연결되는 사실을 적시하면서 조세도 화폐로 내도록 해야 할 것을 주장하였다. 다산은 민생현장의 백성을 생각하며 곳곳에 배어있는 비능률적 불합리성과 관습적

허위성을 철저히 개혁을 주장하였다. 전통적 권위를 거부하고 새로운 의식과 제도를 추구하는 개혁적 시각으로 전통의 본래 가치를 다시 회복함으로써 그동안 묵은 폐단을 제거하는 다산식의 개혁이었다. 본래의 실상을 밝힘으로써 현재 왜곡된 지식 체계를 개혁하고자 하는 것이야말로 진정한 미래를 위한 길이라는 것을 의미한다.

따라서 다산의 개혁 사상은 본래의 공자와 맹자로 돌아가는 길이면서 동시에 효율과 합리를 추구하며 미래 이상을 지향하는 다산식의 개혁이었다. 다산식의 개혁은 다산의 독창적 방법으로 제시되고 있다. 즉, 천주교 교리 영향을 받았으면서도 천주교 교리를 내세우지 않고, 유학자로서 유학의 정통성을 내세워 배타적인 폐쇄성에 사로잡히지도 않았다. 다산 사상의 혁신성과 독창성은 실질적인 민생현장이 배경으로 그의 창조적 사유에서 나온 것이다.

유배 18년 다산은 못다 이룬 자신의 꿈 "나라다운 나라, 백성이 주인 되는 세상"을 위하여 600여 권 속에 그의 주장과 생각을 펼쳐놓았다. 4서 6경의 경학을 통해서는 무엇보다 목민자는 자기 수양으로 마음가짐과 몸가짐을 바르게 먼저 해야 한다고 하였다. 그리고 경학을 바탕으로 일표이서인 경세학을 통해서는 나라와 백성을 다스려야 한다고 가르치고 있다. 특히, 경세유표는 조선의 국가 개혁서로, 목민심서는 목민관들의 백성을 위한 복무 안내서로, 흠흠신서는 백성들의 생명 존중에 대한 형사처벌에 대한 세부 안내서로 쓰러져 가는 조선의 개혁은 물론 병들고 굶주린 백성을 구하는 세부적인 방법론까지 제시하고 있다. 다산은 변화와 개혁은 철저하게 민생 현장에서의 경험과 지혜를 바탕으로 실천적 개혁을 통해서 새로운 세상을 구상하였다. 민생의 현장에서 실용적이고 창의적인 해결책을 찾은 다산의 변화와 개혁에 대한 지혜가 절실한 때이다

## 2

# 새로운 국가 개혁서
# "경세유표"

삼정의 극심한 문란은 민생은 도탄에 빠지고 백성들은 굶주림에 허덕이는 실상이 전개되고 있었다. 다산은 그것을 보면서 자신이 이미 경험하고 유배 현장인 강진에서 보고 듣고 하면서 조선이 개혁하지 않으면 망하겠다는 생각에서 국가 개혁(안)을 작성하게 된 것이다. 정조의 사망과 더불어 더욱더 심해지는 당파싸움 속에서 민생은 안중에도 없고 오직 파벌 중심의 정치가 전개되고 있었다. 그러면서 사상적으로 균열이 생기기 시작한 시점에서 다원화 현상이 심각하게 전개되고 있었다. 힘없는 백성들에게 토지에 부과한 전정(田政)은 과도하게 부과되었고, 나라의 군대를 위한 군정(軍政)은 갓난아이와 죽은 자에게까지 군포가 부과되었고, 서민을 구제하기 위하여 운영되는 환곡(還穀)은 고리대금업으로 변질되어 서민들을 착취하였다.

국가의 개혁 없이는 도저히 쓰러져가는 조선의 재건은 물론 파탄에 빠진 민생을 구할 수 없다는 생각에서 다산은 함부로 국법이나 제도를 뜯어고칠 수 없다는 것을 알면서도 국가 개혁서인 경세유표를 저술한 것이다.

영조가 균역법(均役法)을 제정할 때에도 그것을 저해하는 자가 있었다. 그들에게 대하여 영조는 말하기를 "나라가 비록 없어질지언정 이 법은 고치지 않을 수 없다"고 하였다. 아! 대성인의 위대한 발언이여! 시속(時俗)의 평범한 군주들로서는 감히 시험 삼아서라도 입 밖에 내지 못할 말이다! 그러므로 법을 개정하거나 관제를 수정하는 것은 춘추(春秋)에서도 이를 잘하는 일로 여겼거늘 그것을 반드시 왕안석의 행동으로 시비질하는 것은 고루한 자의 속된 말이고 명철한 임금으로서는 고려할 가치가 없는 것이다.

- 경세유표 / 경세유표 인

이 책은 정약용의 경세사상을 대표하는 저술의 하나로『목민심서』나『흠흠신서』가 당시 지방 행정이나 형사 사건 등을 효율적으로 처리하기 위한 상세하고 세부적인 실무 지침을 규정하고 있는 책이었다면,『경세유표』는 국가와 사회의 전반적인 개혁을 위한 국가 개혁서였다. 관직 체계의 전면적 개편, 신분과 지역에 따른 차별을 배제한 인재등용책, 자원에 대한 국가관리제 실시, 정전제 토지제도 개혁, 부세제도의 합리화, 지방 행정 조직의 재편 등에 대한 혁신적인 국가 개혁설계서였다.

경세유표는 크게 관제운영과 사회경제제도 개혁으로 나눌 수 있다. 관제운영은 치관, 교관, 예관, 정관, 형관, 사관, 고적지법 등에 대한 개혁을 다루고, 사회경제제도 개혁은 정전론, 조선 후기 토지 제도분석, 정전제 시행방안, 시대별 세법 검토, 부공, 경전의 근거와 면세, 환곡제도의 역사와 개혁안, 호적제도의 개선 및 교육 제도 개혁, 과거제도의 개혁, 무과 제도의 개혁 등을 다루고 있다.

특히 사회제도 개혁에 있어 60%가 토지 제도개혁에 대한 부분을 다루고 있다는 것을 보면 농경사회에서 토지문제가 전체사회 문제의 대부분을 차지하고 있음을 방증하고 있다. 그만큼 서민들의 삶을 위한 제도의 혁신이 절실했던 것이다.

따라서, 이 책은 정약용 자신의 정치·사회적 이념에 대한 이해는 물론 당시 조선 사회의 개혁의 방향이 어떻게 흘러가고 있었는지 이해할 수 있다. 그 밖에도 당시 사회의 실상과 제반 모순을 비판적 안목에서 상세히 서술하고 있어 조선 후기의 정치, 경제, 사회 현실을 파악하는 데 중요한 자료가 되고 있다.

주요개혁안을 살펴보면 정부의 관사 총수는 합계 120에 한정하고, 6조로 하여금 각기 20씩 분실할 것이며, 관은 9품으로 정하되 정, 종의 구별이 없고, 1품, 2품에만 정, 종이 있을 것, 호조는 교육을 겸임하고 현재 왕도의 5부를 《주례周禮》의 육향을 벤치마킹하여 6부로 하고, 육덕, 육행, 육예로써 백성을 교화하는 옛 제

도를 도입할 것, 인사고과법은 임금 앞에서 자신의 공적을 이야기
하는 것을 엄격하게 시행하고 관의 대소는 물론 업무 일체를 평가
하여 요순시대의 제도를 회복할 것이며, 삼관삼천법 즉 중앙정부
의 관료들이 추천하는 추천제를 개혁하여 신진에게 귀천을 분간
하지 않도록 할 것을 제안하고 있다.

또, 수릉관 즉, 왕실의 능을 지키는 관리는 벼슬을 삼가 그의
벼슬을 이용한 요행을 부리지 못하게 할 것이며, 대소과를 합일시
키고 급제는 36인만 취하되 3년 대비의 외에는 경과, 알성과, 별
시, 정시 등 과는 전부 혁파할 것이며, 과세제도는 전 10결에 1결
을 취하여 공전을 만들고 농부로 하여금 공전에 조력만 하고 납
세치 않도록 할 것이며, 현행 군포의 폐법을 혁파하고 9부의 제를
수행하여 민역을 크게 균등하게 할 것이며, 둔전법을 정하여 군사
를 절약하고 군련을 편려하게 하되 경성 수십 리 내, 즉 동·서·남

삼교의 전을 매수하여 모두 삼영 군전을 만들어서 왕도를 호위하게 하고 읍성 수 리 내의 전도 또한 매수하여 모두 지방군영의 전을 만들어서 군현을 수호하게 할 것을 제안하였다.

또한, 사창의 제한과 상평의 법을 정하여 탐관오리의 간사한 도적질을 막을 것이며, 중전, 대전과 금은전을 만들어 사용하여 금은의 국외(주로 연경)로 탈주를 방지할 것이며, 향리의 토지를 한정하고 세습의 법을 금하여 그 간사하고 교활함을 막을 것을 주장하였다.

특히, 이용감을 개설하여 선진문물을 수입하여 부국강병을 도모할 것 등을 제안하였다. 정전법 실시, 사농공상 간의 분업구상, 관제개혁에서 이용후생 관서의 설치 등 유배지에서 망해가는 조선을 바라보면서 애통하는 마음으로 조선의 개혁서를 쓴 것이다. 유배의 몸으로 어찌할 도리도 없는 상황에서 오직 이 개혁서가 죽어서라도 보고되길 간절히 바라는 일념으로 유표라고 했다 하니 그 마음을 어찌 헤아릴 수가 있겠는가?

이건방은 다산의 경세유표를 몽테스키외의 "법의 정신"과 루소의 "민약론"을 이야기 하면서 서양에서는 국가적 차원에서 학문에 대한 관심도가 많아서 나오자마자 바람이 일듯이 퍼졌고, 사람들이 보고 들은 것을 통하여 새로운 생각을 하게 되었으며 더욱 깊이 연구하고 정밀하게 강론하여 유럽 나라들이 나날이 부강하게 되고 있다고 하였다. 그런데 조선은 그것이 전해지지 않은 까닭에 사람들이 강론할 수 없었고, 오직 강독하지 못했으므로 또한 시행될 수가 없었다면서 안타까워하였다. 경세유표가 저술된 지 202년이 되었다. 다산의 국가 개혁서인 경세유표를 바탕으로 21세기 새로운 국가 개혁의 등불이 되길 기대한다.

# 3

## 목민관 복무 안내서
## "목민심서"

목민관, 오늘날 공직자들에 대한 복무 지침은 아무리 강조해도 지나침이 없을 정도이다. 그만큼 공직자들의 역할이 막중하고 또한 백성들의 공복으로서 마음과 자세가 일반 사람들과는 달라야 한다는 것을 강조하고 있다.

200여 년 전 다산이 목민심서를 쓰기 전부터 목민서는 존재하였다. 한 나라가 존재하는 한 공직자는 필연적으로 나라와 백성을 위해서 일해야 한다. 그래서 목민서가 생기게 되었고 기나긴 세월 백성들과 목민관들의 존재는 갑과 을의 관계처럼 변질되면서 목민관들의 행동강령이나 복무지침서들이 생겨난 것이다.

다산이 목민심서를 저술한 것도 이와 같은 배경에서 시작되었다. 다만, 다산이 저술한 목민심서는 일반 목민서와 달리 사서오경에 대한 재해석을 통한 정치적 구상은 물론 중국의 역사적 사실과 목민서로부터 받아들인 지식과 지방 현실에 대한 본인의 지식과 경험을 반영한 개혁적이면서도 조선 현실에 밀착할 수 있었던 목민심서였다는 것이다.

목민자(牧民者)가 백성을 위해서 있는 것인가, 백성이 목민자를 위해서 있는 것인가? 백성이 양곡과 마사(麻絲)를 생산하여 목민자를 섬기고, 또 임금이 타는 수레와 말과 종을 붙여 목민자를 전송도 하고 환영도 하며, 또는 고혈과 진수를 짜내어 목민자를 살찌우고 있으니, 백성이 과연 목민자를 위하여 있는 것일까? 아니다. 그건 아니다. 목민자가 백성을 위하여 있는 것이다.

- 다산시문집 제10권 - 원(原)

다산은 "목민관은 존재 이유는 오직 백성이다"라는 것을 분명히 하고 있다. 이러한 다산의 철저한 위국 애민의 정신을 바탕으로 목민관은 왜 다산이 목민심서를 썼는지 알 수 있다. 유배 시절 강진 현장에서 쓴 시를 보면 다산이 얼마나 처절한 백성들의 삶에 관해서 관심과 애정을 품고 있었는지 알 수 있다.

노전마을 젊은 아낙 그칠 줄 모르는 통곡소리 / 蘆田少婦哭聲長
현문을 향해 가며 하늘에 울부짖길       / 哭向縣門號穹蒼
쌈터에 간 지아비가 못 돌아오는 수는 있어도 / 夫征不復尙可有
남자가 그 걸 자른 건 들어본 일이 없다네   / 自古未聞男絶陽

시아버지는 삼상 나고 애는 아직 물도 안 말랐는데

/ 舅喪已縞兒未澡

조자손 삼대가 다 군보에 실리다니 / 三代名簽在軍保

가서 아무리 호소해도 문지기는 호랑이요 / 薄言往愬虎守閽

이정은 으르렁대며 마굿간 소 몰아가고 / 里正咆哮牛去皁

칼을 갈아 방에 들자 자리에는 피가 가득 / 磨刀入房血滿席

자식 낳아 군액 당한 것 한스러워 그랬다네 / 自恨生兒遭窘厄

무슨 죄가 있어서 잠실음형 당했던가 / 蠶室淫刑豈有辜

민땅 자식들 거세한 것 그도 역시 슬픈 일인데 / 閩囝去勢良亦慽

자식 낳고 또 낳음은 하늘이 정한 이치기에 / 生生之理天所予

하늘 닮아 아들 되고 땅 닮아 딸이 되지 / 乾道成男坤道女

불깐 말 불깐 돼지 그도 서럽다 할 것인데 / 騙馬豶豕猶云悲

대 이어갈 생민들이야 말을 더해 뭣하리요 / 況乃生民恩繼序

부호들은 일년내내 풍류나 즐기면서 / 豪家終歲奏管弦

낟알 한 톨 비단 한 치 바치는 일 없는데 / 粒米寸帛無所捐

똑같은 백성 두고 왜 그리도 차별일까 / 均吾赤子何厚薄

객창에서 거듭거듭 시구편을 외워보네 / 客窓重誦鳲鳩篇

- 양근을 잘라버린 서러움[哀絶陽] / 다산시문집 제4권 / 시(詩)

200여 년 전 강진 유배 현장에서 지방관의 횡포로 인하여 신음하는 농민들의 참상이 눈물겹게 그려져 있는 시이다. 다산의 목

목민심서

민심서는 마음속 깊은 곳에 새겨 놓은 목민관의 안내서다. 그러나 지금 목민심서는 역사적 저술로서 존재할 뿐 공직자들의 삶 속에 는 새겨져 있지 않다. 아무리 그렇다 할지라도 예나 지금이나 나 라와 백성을 위한 방법은 다를 것이 없다. 왜냐면 결국에 일은 사 람이 하기 때문이다. 그래서 다산은 목민심서를 쓰면서 "군자의 학문은 수신(修身)이 절반이요, 나머지 반은 목민(牧民)이다"라고 목민심서의 서문에 쓰고 있다. 즉, 백성을 다스리는 데에 있어 무 엇보다 수신이라는 인격적 기반이 우선으로 행정의 실무보다 올 바른 정신자세 확립의 필요성을 더욱더 강조하고 있다.

이런 측면에서 과연 200여 년 전에 우리에게 남겨준 위대한 다산의 목민심서가 존재하고 있는지 물어보고 싶다. 다산은 목민 심서의 기본을 나라의 근간이 되는 관료들의 올바른 정신과 올 바른 직무수행이 백성을 위한 기본이라고 하였다. 고위공직자들 의 국회 청문회를 지켜보면서 우리의 주변에 있는 지도자들이 다산이 말한 것처럼 학문을 통해서 자신을 가다듬고, 올바른 정신으로 직무를 수행할 수 있는 자격을 갖추고 있는가를 생각해보면 아직 너무나 요원하다.

"서민들은 피폐하고 곤궁하게 되었으며 병에 걸려 줄지어 쓰러져서 구렁을 메우는데, 목민관이라는 자들은 좋은 옷과 맛있는 음식으로 자신만 살찌우고 있다"라며 200여 년 전에 다산이 쓴 목민심서를 넘기면서 이 나라의 공직자들과 지도자들이 다산의 목민심서를 다시 한번 마음속에 되새기길 바란다. 그것이 미래 대한민국의 새로운 가치를 창출해 가는 리더의 길이라고 생각하기 때문이다. 하루하루가 다르게 변화하고 불확실한 미래가 펼쳐지는 상황에서 공직자와 지도층의 올바른 마음 자세가 더욱더 절실하다.

# 4

## 백성의 생명 존중 지침서
## "흠흠신서"

다산은 흠흠신서를 저술한 배경을 서문에 "내가 목민에 관한 말을 수집하고 나서, 인명에 대해서는 '이는 마땅히 전문적으로 다루는 것이 있어야겠다.' 하고, 드디어 이 책을 별도로 편찬하였다."라고 하였다. 이 이야기는 목민심서의 형전을 보완하여 백성들의 생명에 대한 소중함을 위해 더욱 세밀하게 밝힐 필요가 있다는 것이다. 그러면서 다산은 모든 행정 중에서도 백성들을 위한 형사 행정만은 신중하고 또 신중하게 다루어야 한다고 강조하고 있다.

오직 하늘만이 사람을 살리고 죽이니 인명은 하늘에 매여 있는 것이다. 그런데 지방관이 또 그 중간에서 선량한 사람은 편히 살게 해 주고, 죄 있는 사람은 잡아다 죽이는 것이니, 이는 하늘의 권한을 드러내 보이는 것일 뿐이다. 사람이 하늘의 권한을 대신

쥐고서 삼가고 두려워할 줄 몰라 털끝 만한 일도 세밀히 분석해서 처리하지 않고서 소홀히 하고 흐릿하게 하여, 살려야 되는 사람을 죽게 하기도 하고, 죽여야 할 사람을 살리기도 한다. 그러면서도 오히려 태연하고 편안하게 여긴다. 또는 부정한 방법으로 재물을 얻고 부인(婦人)들을 호리기도 하면서, 백성들의 비참하게 절규하는 소리를 듣고도 그것을 구휼할 줄 모르니, 이는 매우 큰 죄악이 된다.

- 흠흠신서 서 -다산시문집 제12권 서(序)

흠흠이라고 한 것은 그것이 무엇 때문인가 이유를 깊이깊이 생각하는 것이 형벌을 다루는 근본이기 때문이라며 "흠흠신서"라고 하였다. 흠흠신서는 크게 5개 부분으로 나누어 민생현장에서 실질적으로 활용할 수 있도록 저술하였다.

첫 번째는 경사요의(經史要義) 3권으로 고대 경전 중 원칙적 교훈과 이에 대한 학자들의 해설과 논의를 색인하고 다산의 대안을 첨부한 것이며, 두 번째 비상전초(批詳雋抄)는 5권으로 상세하게 잘못한 것들을 비판한 것들의 초록을 정리한 것이고, 세 번째 의율차례(擬律差例)는 4권으로 청나라 사람의 죄를 헤아려 형벌을 처한 사례를 들어서 참고토록 한 것이며, 네 번째 상형추의(詳刑追議)는 15권으로 정조시대 각 군현의 공안들을 수록하고 또한 자기 의견을 첨부한 것이다. 마지막으로 전발무사(剪跋蕪詞)는 3권으로 당시에 일어난 사건과 살인 사건에 대하여 실제 있었던 일이 아니라 모방하여 만든 판결들을 편차 하여 가상의 사례를 통하여 백성들의 생명을 법률에 따라 신중하게 처리토록 하였다.

흠흠신서는 살인과 범죄의 심리와 판결의 원칙 방법과 판결례들을 포괄한 형법 안내서다. 당파싸움으로 백성들의 삶은 안중에도 없는 상황에서 지방의 목민관들이 자신의 역할을 제대로 수행하지 못함으로써 탐관오리의 농간에 따라 생존권이 박탈되는 백성들의 생명과 인권을 보호하려는 다산의 애민 정신의 발로이다.

흠흠신서는 "목민심서" 제9편인 형전(刑典)의 모든 소송과 감옥살이 등의 처리에 관한 내용을 확대하여 목민관들이 더욱 쉽게 백성들의 죄를 처리할 수 있도록 한 안내서다. 형(刑)이란 결국 백성을 다스리는 마지막 방법이기 때문에 잘못 취급되고 남용된다면 백성들의 목숨이 위태롭지 않도록 또 농간이 개입되지 않게 하려고 저술하였다. 사람의 사망 사건에 대한 죄와 벌의 처리에 대한 상세한 해설과 법절차에 관한 내용으로 엮어졌다. 특히 다산은 유배 현장에서 백성들의 피폐한 모습 속에서 목민관이 입법, 사법, 행정의 삼권을 온통 행사하면서 백성들의 목숨을 가볍게 여기는 것을 보면서 더욱더 흠흠신서를 저술하게 된 것이다. 그리고 암행어사 시절과 곡산 부사 시절 경험도 다산이 국법을 높이 받들어 불쌍한 백성들의 생명을 소중히 여겨야 한다는 생각을 더욱더 깊게 했던 것이다.

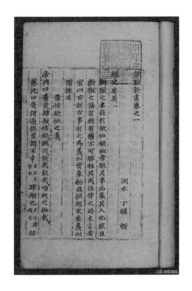

흠흠신서

　"흠흠신서"는 현대적 측면에서 형법과 형사소송법상의 살인 사건에 대한 형사소추에 관한 절차나 전개과정에 해당하지만, 법률적 접근만이 아닌, 법의학적, 형사학적인 측면을 포괄하고 있다. 그리고 사건의 조사와 시체 검안 등 과학적인 접근까지 다루고 있어서 현대의 경찰, 검찰이나 법원에 종사하는 사람 및 법의학에 관계하는 모든 이들의 기본 참고서로 고전적 자료가 될 것이다. 다산은 백성의 생명 존중과 범죄에 있어서 얼마나 조심스럽고 성실하게 공정히 사건을 처리하고, 실체적 진실을 밝히기 원했으면 책의 제목을 "흠흠"이라고 했겠는가? 그런데 오늘날 사법부의 모습과 검찰의 모습은 200여 년 전 다산이 백성들을 위한 걱정과 사랑과는 거리가 먼 추악한 모습으로 국민이 오히려 걱정을 하고 있으니 다산이 이 모습을 본다면 얼마나 안타까워할까?

다산의 흠흠신서는 인도주의적 애민정신과 생명 존중 사상으로 엮은 흠흠신서가 사람답게 살 수 있는 사회를 만들어 가는 초석이 되길 기대한다.

## √ 다산심부름꾼의 묻고 답하기

다산은 전통의 본래 가치를 재해석하여 오래된 폐단을 제거하고, 근본을 되찾아 실질적으로 왜곡된 지식체계를 통하여 과거 실상과 급변하는 미래를 대비하고자 하였다.

1. 변화와 개혁은 왜 필요하다고 생각하는가?

2. 나의 변화와 개혁을 위한 바람직한 실천방법은 무엇인가?

3. 더불어 사는 미래 사회를 위해 어떤 변화와 개혁이 우선이라고 생각하는가?

# 마무리

## 인격적 성숙을 기대 함

지금 우리 사회는 모든 영역에서 급속한 환경 변화에 직면하고 있습니다. 전혀 예상치 못한 코로나19는 한순간에 전 지구촌을 위협하고 있습니다. 이로 인한 우리의 일상 또한 전혀 새로운 영역으로 확산하고 있습니다. 그 가운데 가상현실이라는 메타버스 세계 역시 전 지구적으로 주목 거리가 되고 있습니다. 물리적 지구가 아닌 또 하나의 새로운 가상공간에 또 다른 지구가 생기고 있는 것입니다.

세계는 하루가 다르게 변화하고 있고, 불확실한 미래에 대한 불안은 우리의 삶을 더욱더 힘들게 하고 있습니다. 이로 인한 문제 또한 갈수록 다양하게 확산되고 있습니다. 특히 정신적인 불안과 공포로 인한 문제는 문제의 해결보다는 불평불만으로 서로 탓하기에 바쁩니다. 비판과 비난은 있어도 성숙한 자발성과 책임성은 빈약합니다. 이처럼 자아가 분열된 상태에서 자신의 주체성은 물론 생각과 행동 역시 불안할 수밖에 없습니다.

이런 측면에서 저자는 급작스러운 정조의 죽음으로 하루아침에 유배를 당하여 18년의 시련과 고난의 위기를 기회로 삼아 600여 권의 책을 저술 다산학을 집대성한 다산 정신이야말로 우리의 정신적 등불이 될 것으로 확신합니다. 물질적 경제적으로 기울어진 운동장에서 지식적 양적 팽창만을 쫓고 있는 우리들의 모습을 정신적으로 인격적으로 성숙되고 안정된 변화된 모습을 기대합니다.

## 한국적 다산정신 문화 창출!

다산은 "4서 6경을 통해 몸과 마음을 다스리고, 1표 2서로 나라와 국가를 다스리니 본말을 다했다"라고 했습니다. 육십 평생을 되돌아보며 삶에 있어 가장 기본인 마음과 정신과 혼을 제대로 갖췄고, 그것을 바탕으로 나라와 백성을 위해 할 일을 다하여 여한이 없다고 했습니다. 그동안 우리는 외국 문물과 사상, 정신에 물들어 있었다고 해도 과언이 아닙니다. 다산의 위대한 학문인 다산학에 기반 한 다산정신을 새로운 미래를 준비하는 우리들의 소중한 정신적 자산으로 가꾸어 나가야 할 것입니다.

다산의 위대한 사상과 정신을 구슬로 꿰어서 보배로 만들어 갈 때입니다. 산업화시대 우리는 발 빠른 개혁과 인내와 노력의 결과물인 성장을 통해서 우리는 할 수 있고 우리는 잘 살수 있다는 그런 믿음으로 함께했고 우리는 근면 자조 협동이라는 정신을 통해 보릿고개를 극복했습니다. 그러나 이제 세상은 급변하고 있습니다. 새로운 시대정신이 필요하고 무엇보다도 파괴적인 변화가 급속히 진행되는 상황 속에서 새로운 미래를 살아갈 시대정신과 철학이 필요합니다. 그런 측면에서 다산정신을 통한 새로운 정신적 가치 창출이 절실합니다.

따라서 이를 위한 범정부적 차원의 노력은 물론 민간차원의 다산정신실천을 위한 기구와 시스템이 절실합니다. 우선은 다산학의 산실인 다산초당을 중심으로 다산정신 문화의 샘터를 위한 복원과 체험교육시설 등을 통한 세계적 유적지로써의 면모를 갖추는 일입니다. 또 하나는 다산의 생과 사의 터전인 다산유적지를 다산정신 실천의 중심지로 특화하는 일입니다. 이를 통해 실학의 성지인 다산초당은 다산정신문화의 샘터로, 다산의 생과 사의 현장은 다산정신 실천의 메카로 가꾸어 새로운 대한민국의 사회적 가치 창출의 쌍두마차 역할을 할 수 있도록 범정부적 노력이 절실합니다. 이것은 한 번도 경험하지 못한 팬데믹 상황은 물론 메타버스 시대를 준비하는 정신적 무형자산으로 그 어디서도 구할 수 없는

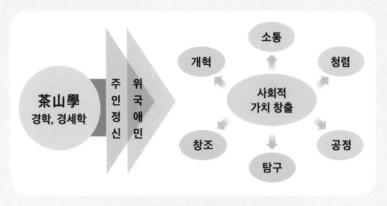

**다산정신(K-정신)**
"다산학에 기반한 주인정신과 위국애민정신에서 드러난
소통, 청렴, 공정, 탐구, 창조, 개혁"

우리의 유산이기 때문입니다.

### 메타버스 시대 새로운 대한민국

21세기 불확실한 미래는 새로운 기회를 창출하고 새로운 경험을 할 수 있는 새로운 세계입니다. 새로운 시대정신은 우리의 옷에 비유할 수 있습니다. 급작스럽게 커버린 애들에게 어린아이 옷을 그대로 입힐 수 없듯이 새로운 시대에 걸맞은 우리만의 새로운 시대정신이 필요합니다. 시대정신에 부합한 사회적 공동체 정신문화 창출을 위한 노력을 더는 미룰 수는 없습니다. 팬데믹 상황, 지구촌 온난화, 메타버스 세계의 도래 등등 어느 것 하나 쉬운 것이 없습니다. 불확실한 미래에 대해 걱정과 혼돈으로 무엇보다 정신적 인격적 성장이 절실합니다.

주어진 환경을 어떻게 바라보고 행동하는가에 따라 그 결과는 천차만별입니다. 시대적 상황을 바라보는 관점과 삶의 태도가 우리의 삶을 바꿀 수 있습니다. 한없이 불어오는 변화에 바람에 가장 한국적이고 창의적인 다산 정신을 세계 속에 활짝 펼쳐 불확실한 시대 변화와 성장의 등불이 되어 새로운 대한민국으로 거듭나길 기대합니다.

# 다산 정약용 연보

- 1762년(영조 38, 1세) 6월 16일 사시(巳時) 광주군 초부면 마현리(지금의 양주군 와부면 능내리)에서 4남 1녀 가운데 4남으로 출생했다. 본관은 압해(押海)로, 압해는 나주의 속현이므로 나주 정씨라고도 한다. 관명(冠名)은 약용(若鏞), 자는 미용(美鏞)·송보(頌甫), 호는 사암(俟菴)·다산(茶山)이다. 다산은 사도세자의 변고로 시파에 가담하였다가 벼슬을 잃은 부친 정재원(丁載遠)이 귀향할 때 출생하였기 때문에 자를 귀농(歸農)이라고도 했다.

- 1763년(영조 39, 2세) 완두창(豌豆瘡)을 앓았다.

- 1765년(영조 41, 4세) 천자문을 배우기 시작했다.

- 1767년(영조 43, 6세) 부친인 정재원이 연천현감으로 부임하자 그곳에 따라가 부친의 교육을 받았다.

- 1768년(영조 44, 7세) 오언시를 짓기 시작했다. '산'이라는 제목의 시에 "작은 산이 큰 산을 가렸으니, 멀고 가까움이 다르기 때문[小山蔽大山 遠近地不同]"이라는 구절이 있는데, 진주공(晉州公 : 다산의 아버지)이 그의 명석함에 놀랐다. 천연두를 앓아 오른쪽 눈썹 위에 흔적이 남아 눈썹이 세 개로 나누어지자 스스로 호를 삼미자(三眉子)라고 했다. 《삼미자집》이 있는데, 이는 10세 이전의 저작이다.

- 1770년(영조 46, 9세) 모친 해남 윤씨가 죽었다. 모친은 고산(孤山) 윤선도(尹善道)의 후손이다. 윤선도의 증손인 공재(恭齋) 윤두서(尹斗緖)는 다산의 외증조부가 된다. 다산의 얼굴 모습과 수염이 공재를 많이 닮았다. 다산이 일찍이 문인들에게 말하기를 "나의 정분(精分)은 외가에서 받은 것이 많다."라 하였다.

- 1771년(영조 47, 10세) 경서(經書)와 사서(史書)를 수학했다. 이때 경서와 사

서를 본떠 지은 글이 자기 키만큼이나 되었다.

- 1774년(영조 50, 13세) 두시(杜詩)를 본떠 시를 지었는데, 부친의 친구들에게 칭찬을 받았다.

- 1776년(영조 52, 15세) 관례를 치르고 풍산 홍씨 홍화보(洪和輔)의 딸과 결혼했다. 이때 진주공이 호조좌랑이 되어 서울에 있었기 때문에 아버지를 따라 살림집을 세내어 서울 남촌에 살았다.

- 1777년(정조 1, 16세) 선배 이가환과 자형 이승훈을 추종하여 성호(星湖) 이익(李瀷)의 유고를 보고 사숙했다. 진주공의 임소인 화순으로 따라갔다. 청주, 전주 등지를 유람하면서 시를 지었다.

- 1778년(정조 2, 17세) 전남 화순의 동복현에 있는 물염정(勿染亭)과 광주 서석산(瑞石山)을 유람했다. 겨울에 둘째형 약전과 함께 화순현에 있는 동림사(東林寺)에서 독서하며《맹자》를 읽었다.

- 1779년(정조 3, 18세) 진주공의 명으로 공령문(功令文)을 공부했고, 성균관에서 시행하는 승보시(陞補試)에 선발되었다. 손암 정약전이 녹암 권철신을 스스로 모셨는데, 기해년(녹암 44세, 손암 22세, 다산 18세) 겨울 천진암(天眞庵) 주어사(走魚寺)에서 강학회를 열었다. 눈 속에 이벽이 밤중에 찾아와 촛불을 켜놓고 경전에 대한 토론을 밤새며 했는데, 그 후 7년이 지나 서학에 대한 비방이 생겨, 그처럼 좋은 강학회가 다시 열릴 수 없게 되었다고 한다.

- 1780년(정조 4, 19세) 진주공이 예천군수로 부임하자 그곳에서 글을 읽었다. 반학정(伴鶴亭), 촉석루(矗石樓)를 유람하며 독서하고 시를 지었다. 겨울에 진주공이 어사의 모함으로 예천군수를 사임하고 마현으로 돌아왔다.

- 1781년(정조 5, 20세) 서울에서 과시(科詩)를 익혔다. 7월에 딸을 낳았는데, 5일 만에 죽었다.

- 1782년(정조 6, 21세) 서울 창동(倉洞 : 지금의 남대문 안)에 집을 사서 살았다.

- 1783년(정조 7, 22세) 성균관에 들어갔다. 2월에 순조의 세자책봉을 경축하기 위한 증광감시(增廣監試)에서 둘째형 약전과 함께 경의(經義) 초시(初試)

에 합격하고, 4월에 회시(會試)에서 생원으로 합격했다. 회현방으로 이사, 재산루(在山樓)에 살았다. 9월 12일에 큰아들 학연(學淵)이 태어났다.

- 1784년(정조 8, 23세) 향사례(鄕射禮)를 행하고, 〈중용강의〉 80여 항목을 바쳤다. 율곡의 기발설(氣發說)을 위주로 했는데, 정조가 감탄했다. 이벽(李檗)을 따라 배를 타고 두미협(斗尾峽)을 내려가면서 서교(西敎)에 관한 얘기를 듣고 책 한 권을 보았다. 《성호사설》을 통해 상위수리(象緯數理)에 관한 책들 이외에 서양인 방적아(龐迪我)의 《칠극(七克)》, 필방제(畢方濟)의 《영언여작(靈言蠡勺)》, 탕약망(湯若望)의 《주제군징(主制群徵)》 등의 책을 열람했다. 6월 16일, 반제(泮製)에 뽑혔다. 9월 28일, 정시(庭試)의 초시에 합격했다.

- 1785년(정조 9, 24세) 2월 25·27일, 4월 16일, 반제에 뽑혀 상으로 종이와 붓을 하사받았다. 10월 20일, 정시의 초시에 합격했다. 11월 3일, 감제(柑製)의 초시에 합격했다. 겨울 제주도에서 귤을 공물로 바쳐와서 선비들에게 시험을 보였는데, 다산이 초시에 수석으로 합격했다. 12월 1일, 임금이 춘당대에 친히 나와 식당에서 음식을 들었다. 그리고 식당명(食堂名)을 짓도록 했는데, 다산이 수석을 차지하여 《대전통편(大典通編)》 한 질을 하사받았다.

- 1786년(정조 10, 25세) 2월 4일, 별시(別試)의 초시에 합격했다. 7월 29일, 둘째 아들 학유(學游)가 출생했다. 8월 6일, 도기(到記 : 식당장부)의 초시에 합격했다.

- 1787년(정조 11, 26세) 1월 26일, 3월 14일, 반제에 수석으로 뽑혔다. 《국조보감(國朝寶鑑)》 한 질과 백면지(白綿紙) 1백 장을 하사받았다. 8월 21일, 반제에 뽑혔고, 8월 성균관 시험에 합격했다. 《병학통(兵學通)》을 교지와 함께 하사받았다. 12월, 반제에 뽑혔고, 다산은 과거 보는 일을 그만두고 경전의 뜻을 궁구하려는 마음을 가졌다. 아마도 임금이 무인(武人)으로 등용할 뜻이 있었기 때문인 것 같다.

- 1788년(정조 12, 27세) 1월 7일, 반제에 합격했다. 희정당(熙政堂)에서 임금을 뵈오니 책문(策文)이 몇 수인가를 물었다. 3월 7일, 반제에 수석 합격하여,

희정당에서 임금을 뵈오니 초시와 회시의 회수를 질문했다.

- 1789년(정조 13, 28세) 1월 7일, 반제에 합격했다. 임금이 4번 초시를 본 것을 확인하고 급제하지 못함을 민망히 여겼다. 3월, 전시(殿試)에 나가서, 탐화랑(探花郎)의 예로써 7품관에 부쳐져서 희릉 직장(禧陵直長)에 제수되었고, 초계문신(抄啓文臣)에 임명되었다. 5월에 부사정(副司正)으로 옮겼고, 6월에 가주서(假注書)에 제수되었다. 이해 문신의 시험에 수석을 5번, 수석에 비교된 것이 8번이었다. 각과문신(閣課文臣)으로 울산 임소로 진주공을 찾아뵈었다. 겨울에 주교(舟橋)를 설치하는 공사가 있었는데, 다산이 그 규제(規制)를 만들어 공(功)을 이루었다. 12월에 셋째 아들 구장(懼牂)이 태어났다.

- 1790년(정조 14, 29세) 2월 26일, 한림회권(翰林會圈)에서 뽑혔고, 29일에 한림소시(翰林召試)에서 뽑혀 예문관 검열(檢閱)에 단독으로 제수되었다. 3월 8일, 해미현(海美縣)으로 정배(定配)되었다. 13일에 배소(配所)에 이르렀는데, 19일에 용서받아 풀려났다. 5월 3일, 예문관 검열로 다시 들어가고, 5일에 용양위(龍驤衛)의 부사과(副司果)로 승직되었다. 7월 11일, 사간원 정언(正言)에 제수되었다. 9월 10일, 사헌부 지평(持平)에 제수되어 무과감대(武科監臺)에 나아갔다.

1791년(정조 15, 30세) 5월 23일, 사간원 정언에 제수되었다. 10월 22일, 사헌부 지평에 제수되었다. 겨울에 〈시경의(詩經義)〉 800여 조를 지어올려 임금으로부터 칭찬을 받았다. 임금이 그 책에 대해서 비지(批旨)를 내리기를 "널리 백가를 인용하여 문장으로 표현해 놓은 것이 무궁하니, 참으로 평소 학문이 축적되어 해박한 사람이 아니라면 어떻게 이와 같이 훌륭하게 할 수 있겠는가?"라 하였다. 겨울에는 호남에서 진산사건(珍山事件 : 辛亥邪獄으로 최초의 천주교도 박해사건)이 일어났다. 목만중, 이기경, 홍낙안 등이 공모하여 서교(西敎)에 빠진 자들을 모두 제거하고자 했다.

- 1792년(정조 16, 31세) 3월 22일, 홍문관록(弘文館錄)에 뽑혔으며, 28일 도당회권(都堂會圈)에서 뽑혀, 29일 홍문관 수찬(修撰)에 제수되었다. 임금이

남인 가운데서 사간원·사헌부의 관직을 이을 사람을 채제공과 상의하였다. 다산이 28명의 명단을 작성하여 올리니 그 가운데 8명이 먼저 두 부서에 배치되었다. 4월 9일, 진주 임소에서 진주공의 상(喪)을 당했다. 5월, 충주에 반장(返葬)하고, 마현으로 돌아와 곡했다. 광주(廣州)에 여막을 짓고 거처했다. 겨울에 수원성의 규제를 지어 올렸고, 〈기중가도설(起重架圖說)〉을 지어 올려서 4만 냥을 절약하였다.

- 1793년(정조 17, 32세) 4월에 소상(小祥)을 지내고 연복(練服)으로 갈아 입었다. 여름에 화성 유수로 있던 채제공이 돌아와 영의정이 되었다.

- 1794년(정조 18, 33세) 6월에 삼년상을 마쳤다. 7월 23일, 성균관 직강(直講)에 제수되었다. 8월 10일, 비변랑(備邊郞)에 임명하는 계(啓)가 내렸다. 10월 27일, 홍문관 교리(校理)에 제수되었다가 28일 수찬에 제수되었다. 12월 7일, 경모궁(景慕宮 : 정조의 아버지인 장헌세자의 神位를 모시던 궁)에 존호(尊號)를 추존해 올릴 때 도감(都監)의 도청(都廳 : 우두머리)이 되었다.

- 1795년(정조 19, 34세) 1월 17일, 사간원 사간(司諫)에 제수되었다. 품계가 통정대부에 오르고 동부승지에 제수되었다. 2월 17일, 병조 참의에 제수되어, 임금이 수원으로 행차할 때 시위(侍衛)로서 따랐다. 3월 3일, 의궤청(儀軌廳) 찬집문신(纂輯文臣)으로 계하(啓下)되었고, 규영부(奎瀛府) 교서승(校書承)으로 부임할 것을 명받았다. 3월 20일, 우부승지(右副承旨)에 제수되었다. 《화성정리통고(華城整理通攷)》의 찬술과 원소(園所 : 장헌세자의 능인 顯隆園의 터)를 설치하라는 명을 받고, 이가환·이만수·윤행임 등과 합작하였다. 4월에 규영부 교서직에서 이윽고 정직(停職)되었다. 이는 일종의 악당들이 헛소문을 선동하여 모함하고 헐뜯고 간사한 꾀를 썼기 때문이다. 다산이 이때부터 가슴속에 우울한 마음이 있었다. 마침내 다시는 대궐에 들어가 교서를 하지 아니하였다. 7월 26일, 주문모입국사건으로 금정도(金井道 : 洪州에 있는 지명) 찰방(察訪)으로 외보(外補)되었다. 이때에 목재(木齋) 이삼환(李森煥 : 성호 이익의 종손)에게 청하여 온양의 석암사(石巖寺)에서 만났

는데, 당시 내포(內浦)의 이름 있는 집 자제들이 소문을 듣고 모여들어 날마다 수사(洙泗)의 학(學)을 강학하고, 사칠(四七)의 뜻과 정전(井田)의 제도에 대해서 물었으므로 별도로 문답을 만들어 〈서암강학기(西巖講學記)〉를 지었다. 성호유고를 가져다 처음 《가례질서(家禮疾書)》로부터 교정했다. 《퇴계집》 반 부를 가져다 매일 새벽에 일어나 세수하고, 바로 그가 남에게 보낸 편지 한 편을 읽은 뒤에 아전들의 인사를 받았다. 정오가 되면 연의(演義) 1조(一條)씩을 수록(隨錄)하여 스스로 경계하고 성찰하였는데, 그것을 이름하여 〈도산사숙록(陶山私淑錄)〉이라 하였으니, 모두 33칙(則)이다. 12월 20일, 용양위 부사직으로 옮겨졌다.

- 1796년(정조 20. 35세) 10월에 규영부 교서가 되었다. 《사기영선(史記英選)》의 제목과 《규운옥편(奎韻玉篇)》의 범례에 자문했다. 이만수 등과 더불어 《사기영선》을 교정했다. 12월 1일, 병조 참지(兵曹參知)에 제수되었고, 3일에 우부승지에 제수되었다. 다음날 좌부승지에 올랐다가 부호군(副護軍)으로 옮겨졌다.

- 1797년(정조 21, 36세) 3월 대유사(大酉舍)의 향연에 참석하고 춘추경전(春秋經傳)을 교정했다. 이서구·김조순과 함께 두시(杜詩)를 교정했다. 교서관(校書館)에 입직(入直)하면서 《춘추좌씨전》을 교정했다. 6월 22일, 좌부승지를 사퇴하는 〈변방사동부승지소(辨謗辭同副承旨疏)〉를 올렸다. 윤윤 6원 2일, 곡산 부사(谷山府使)에 제수되었다. 겨울에 홍역을 치료하는 여러 가지 처방을 기록한 《마과회통(麻科會通)》 12권을 완성했다.

- 1798년(정조 22, 37세) 4월, 《사기찬주(史記纂註)》를 올렸다. 겨울에 곡산의 좁쌀, 콩을 돈으로 바꾸어 올리라는 영(令)을 철회하여 주도록 요청하여 허락을 받았다. 《오례의도척(五禮儀圖尺)》과 실제 척이 달라서 척을 바로잡았다. 종횡표를 만들어 호적, 군적을 정리했다.

- 1799년(정조 23, 38세) 2월에 황주 영위사(黃州迎慰使)로 임명하는 교지를 받았다. 4월 24일, 내직으로 옮겨져 병조 참지에 제수되었다. 상경 도중인 5

월 4일에 동부승지를 제수받고 부호군에 옮겨졌다. 입성(入城)한 5월 5일에 형조 참의(刑曹參議)에 제수되었다. 〈초도둔우계(椒島屯牛啓)〉를 올렸다. 10월에 조화진과 충청감사 이태영이 이가환, 정약용과 주문모 밀입국을 보고한 한영익 부자를 서교에 탐닉하였다고 상주하였는데, 정조는 무고라고 일축하였다. 12월에는 《춘추좌전》의 세서례(洗書禮) 때 어제시(御製詩)에 화답하는 시를 지어 올렸다. 이 달에 넷째 아들 농장(農牂)이 태어났다.

- 1800년(정조 24, 39세) 봄에 다산은 세로(世路)가 위험하다고 느껴 전원으로 돌아갈 계획을 결단하였다. 6월 28일, 정조가 승하하였다. 겨울에 졸곡(卒哭)을 지낸 뒤 열수(洌水 : 한강의 상류로 다산의 고향을 말함) 가로 돌아가기로 결심했다. 이에 다산은 초천(苕川)의 별장으로 돌아가 형제가 함께 모여 날마다 경전을 강(講)하고, 그 당(堂)에 '여유(與猶)'라는 편액을 달았다. 이해에 《문헌비고간오(文獻備考刊誤)》가 이루어졌다.

- 1801년(순조 1, 40세) 2월 8일, 사간원의 계(啓)로 인하여 9일 하옥되었다. '책롱사건(冊籠事件)'의 발단이었다. 19일 만인 2월 27일에 출옥되어 장기(長鬐)로 유배되었다. 손암(巽菴)은 신지도(薪智島)로 유배되었다. 3월에 장기에 도착하여 《이아술(爾雅述)》 6권과 《기해방례변(己亥邦禮辨)》을 지었는데, 겨울 옥사 때 분실되었다. 여름에 성호가 모은 1백 마디의 속담에 운을 맞춰 지은 《백언시(百諺詩)》가 이루어졌다. 10월, 황사영의 백서사건으로 손암과 함께 다시 투옥되었다. 11월, 다산은 강진현(康津縣)으로, 손암은 흑산도(黑山島)로 유배되었다.

- 1802년(순조 2, 41세) 큰아들 학연이 와서 근친(覲親)하였다. 겨울에 넷째 아들 농장이 요절했다는 소식이 왔다.

- 1803년(순조 3, 42세) 봄에 〈단궁잠오(檀弓箴誤)〉가 이루어졌다. 여름에 〈조전고(弔奠考)〉가 이루어졌다. 겨울에 〈예전상의광(禮箋喪儀匡)〉이 이루어졌다.

- 1804년(순조 4, 43세) 봄에 〈아학편훈의(兒學編訓義)〉가 이루어졌다.

- 1805년(순조 5, 44세) 여름에 〈정체전중변〉(일명 〈기해방례변〉) 3권이 이루어졌다. 겨울에 큰아들 학연이 찾아왔다. 이에 보은산방(寶恩山房)에 나가 밤낮으로 《주역》과 《예기》를 가르쳤다. 혹 의심스러운 곳이 있어 그가 질문한 것을 답변하여 기록해 놓았는데, 모두 52칙이었다. 이를 이름하여 〈승암문답(僧菴問答)〉이라고 하였다.

- 1807년(순조 7, 46세) 5월에 장손(長孫) 대림(大林)이 태어났다. 7월에 형의 아들 학초(學樵)의 부음을 받고 묘갈명을 썼다. 《상례사전(喪禮四箋)》 50권이 완성되었다. 겨울에 〈예전상구정(禮箋喪具訂)〉 6권이 이루어졌다.

- 1808년(순조 8, 47세) 봄에 다산(茶山)으로 옮겨 거처했다. 다산은 강진현 남쪽에 있는 만덕사(萬德寺) 서쪽에 있는데, 처사(處士) 윤단(尹慱)의 산정(山亭)이다. 공이 다산으로 옮긴 뒤 대(臺)를 쌓고, 못을 파고, 꽃나무를 열지어 심고, 물을 끌어 폭포를 만들고, 동쪽 서쪽에 두 암자를 짓고, 서적 천여 권을 쌓아놓고 글을 지으며 스스로 즐기며 석벽(石壁)에 '정석(丁石)' 두 자를 새겼다. 《주역》의 어려운 부분을 들추어 〈다산문답〉 1권을 썼다. 봄에 둘째 아들 학유가 방문했다. 여름에 가계(家誡)를 썼다. 겨울에 〈제례고정(祭禮考定)〉이 이루어졌다. 또 《주역심전(周易心箋)》이 이루어졌다. 〈독역요지(讀易要旨)〉 18칙을 지었고 〈역례비석(易例比釋)〉을 지었다. 〈춘추관점(春秋官占)〉에 보주(補注)를 냈다. 〈대상전(大象傳)〉을 주해했다. 〈시괘전(蓍卦傳)〉을 주해하였다. 〈설괘전(說卦傳)〉을 정정하였다. 《주역서언(周易緖言)》 12권이 이루어졌다.

- 1809년(순조 9, 48세) 봄에 〈예전상복상(禮箋喪服商)〉이 이루어졌다. 《상례외편(喪禮外篇)》 12권이 완성되었다. 가을에 《시경강의(詩經講義)》를 산록(刪錄)했다. 내용은 《모시강의(毛詩講義)》 12권을 첫머리에 놓고, 따로 《시경강의보유》 3권을 지었다.

- 1810년(순조 10, 49세) 봄에 《관례작의(冠禮酌儀)》·《가례작의(嘉禮酌儀)》가 이루어졌다. 봄, 여름, 가을에 3차례 가계(家誡)를 썼다. 9월에 큰아들 학연

이 바라를 두드려 억울함을 상소했기 때문에 특별히 은총이 있었으나, 홍명주의 상소와 이기경의 대계(臺啓)가 있었기 때문에 석방되지 못했다. 겨울에 《소학주관(小學珠串)》이 이루어졌다.

- 1811년(순조 11, 50세) 봄에 《아방강역고(我邦疆域考)》, 겨울에 〈예전상기별(禮箋喪期別)〉이 이루어졌다.

- 1812년(순조 12, 51세) 봄에 《민보의(民堡議)》가 이루어졌다. 겨울에 《춘추고징(春秋考徵)》 12권이 완성되었다. 〈아암탑문(兒菴塔文)〉을 지었다.

- 1813년(순조 13, 52세) 겨울에 《논어고금주(論語古今注)》가 이루어졌다. 이 책은 여러 해 동안 자료를 수집하여 이해 겨울에 완성했는데 40권이다. 이강회(李綱會), 윤동(尹峒)이 도왔다. 《논어》에 대해서는 이의(異義)가 워낙 많아서 〈원의총괄(原義總括)〉 표를 만들어 〈학이(學而)〉 편에서부터 〈요왈(堯曰)〉 편까지의 원의를 총괄한 것이 175조가 된다. 춘추삼전(春秋三傳)이나 《국어》에 실린 공자의 말을 모아 한 편을 만들어 책 끝에 붙였는데, 〈춘추성언수(春秋聖言蒐)〉 63장이 그것이다.

- 1814년(순조 14, 53세) 4월에 장령(掌令) 조장한(趙章漢)이 사헌부에 나아가 특별히 대계(臺啓)를 정지시켜, 죄인명부에서 그 이름이 삭제되었다. 그때 의금부에서 관문(關文)을 발송하여 석방시키려 했는데 강준흠(姜浚欽)의 상소로 막혀서 발송하지 못했다. 여름에 《맹자요의(孟子要義)》가 이루어졌다. 가을에 《대학공의(大學公議)》 3권이 이루어졌다. 《중용자잠(中庸自箴)》 3권이 이루어졌다. 《중용강의보》가 이루어졌다. 겨울에 《대동수경(大東水經)》이 이루어졌다. 또 이여홍(李汝弘 : 汝弘은 李載毅의 字)의 편지에 답하여 학문과 사변의 공(功)을 논했다.

- 1815년(순조 15, 54세) 봄에 〈심경밀험(心經密驗)〉과 〈소학지언(小學枝言)〉이 이루어졌다.

- 1816년(순조 16, 55세) 봄에 《악서고존(樂書孤存)》이 이루어졌다. 6월, 손암(巽菴)의 부음을 들었다. 손암의 묘지명을 썼다.

- 1817년(순조 17, 56세) 가을에 《상의절요(喪儀節要)》가 이루어졌다. 《방례초본(邦禮艸本)》의 저술을 시작했는데 끝내지는 못했다. 뒤에 《경세유표》로 개명했다.

- 1818년(순조 18, 57세) 봄에 《목민심서》가 이루어졌다. 여름에 《국조전례고(國朝典禮考)》 2권이 이루어졌다. 8월에 이태순(李泰淳)의 상소로 관문(關文)을 발하여 다산을 떠나 14일 비로소 열수의 본집으로 돌아왔다.

- 1819년(순조 19, 58세) 여름에 《흠흠신서(欽欽新書)》가 이루어졌다. 이 책의 처음 이름은 《명청록(明淸錄)》이었는데 후에 우서(虞書)의 "흠재흠재(欽哉欽哉)" 즉 형벌을 신중히 하라는 뜻을 써서 이 이름으로 고쳤다. 겨울에 《아언각비(雅言覺非)》 3권이 이루어졌다.

- 1820년(순조 20, 59세) 겨울에 옹산(翁山) 윤정언(尹正言)의 묘지명을 지었다.

- 1821년(순조 21, 60세) 봄에 〈사대고례산보(事大考例刪補)〉가 이루어졌다. 겨울에 남고(南皐) 윤참의 지범(尹參議持範)의 묘지명을 썼다.

- 1822년(순조 22, 61세) 이해는 다산의 회갑년이다. 〈자찬묘지명〉을 지었다. 윤지평 지눌(尹持平持訥)의 묘지명을 썼다. 이장령 유수(李掌令儒修)의 묘지명을 썼다. 신작(申綽)의 편지에 답하면서 육향의 제도를 논했다.

- 1823년(순조 23, 62세) 9월 28일, 승지(承旨) 후보로 낙점되었으나 얼마 후 취소되었다.

- 1827년(순조 27, 66세) 10월에 윤극배(尹克培)가 '동뢰구언(冬雷求言)'으로 상소하여 다산을 참혹하게 무고하였으나 끝내 실현되지 못했다.

- 1830년(순조 30, 69세) 5월 5일에 약원(藥院)에서 탕제(湯劑)의 일로 아뢰어 부호군(副護軍)에 단부(單付)되었다. 그때 익종(翼宗 : 순조 아들)이 위독하여 약원(藥院)에서 약을 논의할 것을 청했다. 약을 달여 올리기로 했는데, 채 올리기도 전 6일 세상을 떠났다.

- 1834년(순조 34, 73세) 봄에 《상서고훈(尙書古訓)》과 《지원록(知遠錄)》을 개

수(改修)하고 합하여 모두 21권으로 만들었다. 가을에 다산에 있을 때 《상서》를 읽으면서 매색(梅賾)의 잘못된 이론을 잡아서 논술했던 《매씨서평(梅氏書平)》을 개정했다. 순조의 환후가 급해 명을 받들고 12일에 출발했는데 홍화문(弘化門)에서 초상이 있음을 듣고 이튿날 고향으로 돌아왔다.

- 1836년(헌종 2, 75세) 2월 22일 진시(辰時)에 열상(洌上)의 정침(正寢)에서 생을 마쳤다. 이 날은 다산의 회혼일(回婚日)이어서 족친(族親)이 모두 왔고 문생(門生)들이 다 모였다. 장례 절차는 모두 유명(遺命) 및 〈상의절요(喪儀節要)〉를 따랐다. 이에 앞서 임오년(1822) 회갑 때 공이 조그마한 첩(帖)을 잘라 유명을 적어 두었으니 장례 절차였다. 4월 1일에 유명대로 여유당(與猶堂) 뒤편 광주(廣州) 초부방(草阜坊) 마현리(馬峴里) 자좌(子坐)의 언덕에 장사지냈다.

- 1910년 7월 18일에 특별히 정헌 대부(正憲大夫) 규장각 제학(奎章閣提學)을 추증(追贈)하고 문도공(文度公)의 시호를 내렸다.

**- 경세유표(經世遺表) / 다산 정약용 연보 / 한국고전번역원**

다산의 탁월한 시대정신
# 변화와 개혁의 등불

| | |
|---|---|
| **초판인쇄** | 2022년 1월 26일 |
| **초판발행** | 2022년 2월 7일 |

| | |
|---|---|
| **엮은이** | 진규동 |
| **발행인** | 조현수 |
| **펴낸곳** | 도서출판 더로드 |
| **기획** | 조용재 |
| **마케팅** | 최관호 강상희 |
| **편집** | 권 표 |
| **디자인** | 호기심고양이 |

| | |
|---|---|
| **주소** | 경기도 고양시 일산동구 백석2동 1301-2 |
| | 넥스빌오피스텔 704호 |
| **전화** | 031-925-5366~7 |
| **팩스** | 031-925-5368 |
| **이메일** | provence70@naver.com |
| **등록번호** | 제2015-000135호 |
| **등록** | 2015년 06월 18일 |

정가 15,800원
ISBN 979-11-6338-204-1 03810